Camille Romain-Smith

Noël 2041

Roman

Édition : BoD · Books on Demand, 31 avenue Saint-Rémy, 57600 Forbach, bod@bod.fr
Impression : Libri Plureos GmbH, Friedensallee 273, 22763 Hamburg (Allemagne)

Illustrations de Couverture : Cienpies Design

Source Image: Adobe Stock

ISBN : 978-2-3223-9812-6
Dépôt légal : Juin 2022

Noël agite une baguette magique sur ce monde, et voilà que tout devient plus doux et plus beau.

Norman Vincent Peale (1898-1993)

La nature (l'art par lequel Dieu a fait le monde et le gouverne) est si bien imitée par l'*art* de l'homme, en ceci comme en de nombreuses autres choses, que cet art peut fabriquer un animal artificiel. Car, étant donné que la vie n'est rien d'autre qu'un mouvement de membres, dont le commencement est en quelque partie principale intérieure, pourquoi ne pourrions-nous pas dire que tous les *automates* (des engins qui se meuvent eux-mêmes, par des ressorts et des roues, comme une montre) ont une vie artificielle ? Car qu'est-ce que le *cœur*, sinon un *ressort*, les *nerfs*, sinon de nombreux *fils*, et les *jointures*, sinon autant de nombreuses *roues* qui donnent du mouvement au corps entier, comme cela a été voulu par l'artisan.

Léviathan, Introduction,
Thomas Hobbes (1588-1679)

J'en arrive maintenant à un point qui est, selon moi, le ressort et le secret de la domination, le soutien et le fondement de toute tyrannie [...]. Ce ne sont pas les bandes de gens à cheval, les compagnies de fantassins, ce ne sont pas les armes qui défendent un tyran, mais toujours (on aura peine à le croire d'abord, quoique ce soit l'exacte vérité) quatre ou cinq hommes qui le soutiennent et qui lui soumettent tout le pays. Il en a toujours été ainsi [...]. Ces six en ont sous eux six cents, qu'ils corrompent autant qu'ils ont corrompu le tyran. Ces six cents en tiennent sous leur dépendance six mille, qu'ils élèvent en dignité. [...]. Grande est la série de ceux qui les suivent. Et qui voudra en dévider le fil verra que, non pas six mille, mais cent mille et des millions tiennent au tyran par cette chaîne ininterrompue qui les soude et les attache à lui, comme Homère le fait dire à Jupiter qui se targue, en tirant une telle chaîne, d'amener à lui tous les dieux.

Discours de la servitude volontaire,
Etienne de la Boétie (1530-1563)

CHAPITRE I

Territoire du Monde du Sud,
Londres,
Premier Dimanche de l'Avent 2041

Il neigeait depuis plus d'une heure. Les ravissantes tourelles de la Cour Royale de Justice du Strand étaient revêtues d'un magnifique manteau de neige scintillante. Mais Katherine ne prêta pas attention à cette scène d'un charme féerique. Elle était trop pressée.

À sa présente allure, elle estima qu'il lui faudrait environ huit minutes pour arriver au bout de l'avenue du Strand, mais seulement cinq en pressant le pas. Elle se hâta donc encore davantage. En effet, elle ne voulait pas entrer dans l'université avec trop de neige agglutinée sous ses bottines, et risquer de laisser derrière elle une ligne aqueuse dans le long couloir boisé qui menait à la chapelle. Elle arriva, exactement à la minute prévue, en face de la façade dénuée de beauté, mais pourtant, chère à ses yeux. Après avoir soigneusement secoué ses bottines, elle poussa vivement les portes tournantes et entra dans l'université.

Après la pénombre de la rue, la lumière vive du hall d'entrée lui fit mal aux yeux. Katherine dut les plisser pendant quelques secondes avant de pouvoir, comme tous les ans, s'abandonner à sa nostalgie en parcourant lentement le hall du regard. Elle observa d'abord la porte du café universitaire. Pendant les trois années qu'avait duré son cursus, elle avait dû boire dans ce café des centaines de tasses de Earl Grey laiteux, seule ou avec des amis. Son souvenir de ces tea times délicieux était si vif, que, pendant un instant, elle fut convaincue qu'elle pourrait faire parvenir à son odorat, par la simple force de son esprit, le subtil arôme de la bergamote. Tel un lapereau, elle fit frémir ses narines, pressentant avec délice le plaisir de sentir la fragrance citronnée. Mais bien sûr, aucun parfum ne lui parvint, et cela l'attrista presque autant que l'absence d'un ami, dont elle aurait attendu la venue en vain. Cela intensifia également sa nostalgie des moments, des sentiments et des êtres, perdus ou partis, dans les rivières profondes du passé. Afin d'atténuer sa mélancolie, elle décida de continuer à regarder, de continuer à se souvenir, espérant que cela pourrait faire naître en elle des émotions moins négatives.

Elle déplaça donc son regard de la porte du café vers les ascenseurs, dans lesquels elle était entrée tant de fois, heureuse, triste, en colère, ou pénitente, vindicative, impatiente, optimiste. La liste était trop longue à énumérer puisqu'elle avait probablement ressenti toute la palette des émotions possibles dans ces ascenseurs.

Soudainement, une idée aussi séduisante qu'insensée lui vint à l'esprit. Elle se demanda si les ascenseurs pouvaient absorber les énergies et les émotions des êtres. Après tout, ceci n'était pas impossible, se dit-elle, puisqu'on ressentait bien certaines émotions dans certains lieux. Oui, on pouvait parfois sentir si l'on entrait dans une maison heureuse ou, au contraire, dans une maison dont les murs avaient été témoins de discorde. Bien sûr, on ne passait jamais que quelques courts instants dans un ascenseur, mais néanmoins, peut-être avait-on le temps d'y laisser... quelques fragments de ses émotions, même pendant une brève ascension ou descente. Peut-être ressentirait-elle quelques-unes de ses émotions passées si elle entrait dans un de ces ascenseurs ? Oui, peut-être pourrait-elle revivre une partie de son bonheur perdu, simplement en se glissant dans l'un d'eux ? L'air indécise, elle fit quelques pas vers les ascenseurs puis s'immobilisa, les fixant d'un regard interrogateur. Après quelques instants, elle recula et secoua énergiquement la tête, exprimant avec ces mouvements qu'elle faisait fi de ses théories farfelues à propos des ascenseurs et des émotions, et elle continua de promener son regard dans le hall.

Elle remarqua que l'escalier qui menait à l'amphi-théâtre du sous-sol avait été embelli avec une nouvelle rampe en bois. L'escalier qui conduisait aux salles de travaux dirigés avait toujours son aspect défraîchi mais charmant, et Katherine espérait secrètement que tant qu'il serait aux normes de sécurité, il ne serait pas rénové. Une fresque représentant les principales étapes de la transmutation du Monde du Sud avait été peinte sur le plafond du hall d'entrée. Une dizaine de splendides photos de Londres, magnifiquement encadrées, étaient accrochées aux murs. Elle prit le temps de les admirer et apprécia particulièrement une photo d'un soleil d'été flamboyant se couchant sur Trafalgar Square.

Puis, ses yeux se posèrent sur le banc près duquel Henry avait eu l'habitude de l'attendre après ses cours magistraux. Son cœur se serra. De manière quasi concomitante, son cerveau ignora l'injonction de sa volonté ; et une image de son passé, à la fois douloureuse et délicieuse, distincte mais lointaine, surgit dans son esprit. Pas un détail erroné, tout était là. La lumière dans les yeux bleu clair de Henry quand il la vit s'approcher ; les rayons du soleil perçant le verre des fenêtres et faisant presque scintiller ses cheveux blond cendré ; la chemise d'un blanc immaculé qu'il portait ; le beau bouquet coloré avec lequel il l'avait attendue après son dernier examen. Après un court instant, cette image disparut pour faire place à celle du moment présent, c'est-à-dire à l'image d'elle-même, faisant tourner nerveusement son alliance sur son doigt.

Katherine cessa de jouer avec sa bague et poussa un long soupir. Puis, pour la première fois, elle se demanda si sa voisine, Mary, n'avait pas raison à propos de son alliance. En effet, peut-être que celle-ci ne remplissait finalement que le rôle d'un souvenir lugubre, aussi douloureux qu'inutile, et qu'elle devrait arrêter de la porter. Katherine avait argué plusieurs fois avec Mary que son alliance avait démontré son utilité, puisqu'elle l'aidait, parfois, à décourager des prétendants indésirables, et parce qu'elle lui évitait de mentir, quand elle n'avait pas la force d'énoncer l'horrible vérité. Et en effet, la bague saillante arrêtait, la plupart du temps, les remarques indiscrètes sur son statut marital. Katherine concluait habituellement ses conversations avec Mary sur ce sujet en lui objectant, sans grande conviction : « Et si quelque chose qui empêche de mentir ne peut être considéré utile, qu'est-ce qui peut donc l'être ? » Mais Mary, pour toute réponse, invariablement, ne faisait que secouer la tête en signe de dénégation, l'air affligé.

La grande horloge ronde située à côté de la réception sonna. Son carillon mit fin aux réflexions de Katherine sur les avantages et les inconvénients de son alliance. Il était dix-huit heures moins le quart. Le concert de l'Avent commençait dans quinze minutes. Si elle s'attardait plus longtemps, elle risquait d'avoir à rester debout pendant tout le concert, et après la journée exceptionnellement épuisante qu'elle venait de passer, elle tenait absolument à s'asseoir. Elle traversa rapidement le hall d'entrée, se retrouva à l'extérieur et se dirigea vers la magnifique façade ouest de l'université. Elle poussa la grande et lourde porte du bâtiment, monta le large escalier en pierre qu'elle aimait tant, et marcha le long du couloir qui menait à la chapelle de l'université. Des portes entrouvertes de la chapelle s'échappaient une douce lumière ambrée ainsi qu'un brouhaha de voix joyeuses.

Discrètement, Katherine regarda derrière elle à plusieurs reprises afin de s'assurer qu'elle ne laissait pas de traces de pas derrière elle. Bien qu'elle essayât de se convaincre qu'elle faisait ceci purement par souci de propreté, elle savait, au fond d'elle-même, qu'elle faisait ceci, car, même après toutes ces années, elle n'avait pas réussi à se débarrasser des réflexes d'auto-préservation que les Années de Résistance avaient enracinés en elle. Ne laisser aucune trace, aussi bien électronique que physique, de ses faits et gestes, était devenu chez elle une seconde nature et elle craignait de ne jamais se libérer de sa peur d'être géolocalisée, et arrêtée.

Elle entra dans la chapelle. Celle-ci était presque comble et Katherine dut se contenter d'une place à la dernière rangée de la nef. Elle s'assit, puis, avec délectation, elle admira l'intérieur de la chapelle, ses vitraux raffinés, ses arcs dorés, et ses colonnes torsadées rouge flamme. Comme cela était invariablement le cas depuis que les concerts avaient été ré-autorisés, l'atmosphère dans la chapelle, comme pendant tous les spectacles, était extraordinairement agréable et bouillonnante. L'habituel contingent loyal de spectateurs, composé des parents des choristes et de leurs amis, était présent. Katherine les observa avec bienveillance, incapable de ressentir la moindre amertume envers eux, ni aucune envie, malgré sa propre solitude, et les sacrifices qu'elle avait endurés afin qu'ils puissent tous jouir de la paix et de la cohérence du modèle civilisationnel dans lequel ils vivaient désormais.

Le chef de chœur fit sonner un gong doucement trois fois. Les portes de la chapelle se fermèrent. Les conversations et les rires excités s'éteignirent progressivement. Une fois le silence établi, le chef de chœur attendit une minute avant de s'éclaircir la voix et de prononcer son discours annuel :

« Chers mélomanes, chers spectateurs, chers Mondiens du Sud,

C'est avec une émotion particulière que je m'adresse à vous ce soir, car cela fait exactement dix ans, jour pour jour, que j'ai été ré-autorisé, « réhabilité » à chanter, à enseigner, à me produire sur scène.

Grâce à vous tous, ou au courage et aux sacrifices de vos familles et de vos amis, moi, un être humain imparfait, sujet à une myriade de défauts, ai recouvré le droit d'interpréter, et de remplacer les machines IA qui m'avaient remplacé, qui nous avaient tous remplacés, dans les occupations artistiques pendant les longues années qu'a duré le Régime de l'Habilitation.

Mais ne nous attardons pas sur le passé, le triste passé, ce soir.

Au lieu de cela, apprécions pleinement la beauté de vraies voix et d'expressions humaines. Savourons le plaisir de les entendre, de les voir, sans ersatz robotique, sans machine interposée, grâce à nos propres oreilles et yeux biologiques. Réjouissons-nous de notre seule et réelle habilitation, celle d'être traités comme des êtres humains et de se comporter comme tels, c'est-à-dire de créer, d'aimer et d'être fiers de notre précieuse nature biologique. Réjouissons-nous avec créativité, humaine-ment, naturellement. »

Le public applaudit et lança des hourras. Après quelques minutes, les acclamations prirent fin et un très bel enfant blond, déguisé en ange, lut la liste des cantiques qui allaient être chantés. Comme chaque année, le programme avait été gardé secret jusqu'à la dernière minute. Katherine fut agréablement surprise car plusieurs de ses morceaux favoris allaient être interprétés. Les spectateurs applaudirent à nouveau après que l'enfant eut fini de lire le programme, et pendant que les choristes se rassemblaient autour de l'autel.

Une fois qu'ils eurent tous pris place, les applaudissements cessèrent et furent suivis d'un silence religieux pendant une vingtaine de secondes. Les choristes avaient l'air intensément concentré. Le silence fut rompu subrepticement, décibel par décibel, par les voix graves des ténors entonnant délicatement le chant « Au Milieu du Sombre Hiver ». Elles furent suivies par les voix des barytons, puis des mezzo-sopranos, qui préparèrent l'entrée des sopranos. Quand les dernières voix se mêlèrent aux précédentes, la mélodie se transforma en un splendide feu d'artifices musical. Katherine soupira de soulagement. L'émerveillement qu'elle commençait à ressentir lui fit penser que, après tout, ce jour de sa vie, en ce qui la concernait, personnellement, égoïstement, n'avait pas été totalement perdu.

CHAPITRE II

Après le concert, quand Katherine entra dans son immeuble, elle fit une moue d'ennui à la vue des piles de lettres entassées en bas des escaliers. Elle détestait fourrager parmi ces piles pour trouver son courrier et elle avait repoussé cette corvée depuis une semaine maintenant. À contrecœur, elle s'accroupit devant les piles d'enveloppes. Il lui fallut plusieurs minutes pour trouver les lettres qui lui étaient adressées, tant elles étaient entremêlées avec celles de ses voisins.

Au fond de la dernière pile, elle remarqua une grande enveloppe de couleur vert chartreuse. Instantanément, elle ressentit une forte aversion pour cette enveloppe, autant qu'il est possible, bien entendu, de ressentir de l'aversion à l'égard d'un objet aussi inoffensif qu'une enveloppe. Elle ne lui plaisait pas à cause de sa couleur : toute petite déjà, elle n'avait jamais pu supporter ce vert acide et jaunâtre. Rapidement, son aversion se transforma en animosité, une animosité étrange et irrationnelle. Une animosité proche de la colère. Elle pesta mentalement contre la personne qui avait choisi d'utiliser une teinte aussi hideuse que ridicule pour envoyer un message. Quasi certaine que cette lettre ne lui était pas adressée, elle la prit pourtant, uniquement par curiosité, afin de lire le nom de l'expéditeur, nom qu'elle supposait être aussi grotesque et laid que la couleur de l'enveloppe.

Cependant, le nom de l'expéditeur ne figurait pas au dos de l'enveloppe. Elle en fut légèrement déçue, car sa supposition concernant le nom de l'expéditeur ne pouvait être confirmée. Se surprenant elle-même, elle glosa in petto : « Pas étonnant, après tout. Quiconque envoyant une enveloppe d'une couleur aussi laide éviterait d'y indiquer son nom au verso. » Puis, elle commença à se sentir idiote par rapport à son animosité envers cette enveloppe. Mais, trois secondes plus tard, elle réalisa que sa colère avait été prémonitoire. Car quand elle retourna l'enveloppe pour vérifier tout de même le nom du destinataire, lut son propre nom et reconnut l'écriture sur la lettre, le choc qu'elle ressentit la fit basculer en arrière et elle se retrouva assise par terre.

Katherine n'avait pas vu cette écriture depuis plus de dix ans mais elle était sûre de ne pas se tromper. C'était cette calligraphie unique, sèche, hautaine et déterminée qu'elle connaissait si bien, et qui illustrait parfaitement la personnalité de son auteur. Elle s'apprêtait à ouvrir l'enveloppe quand quelqu'un entra dans l'immeuble. Avec ce pas lourd, cela ne pouvait être que Gareth, devina-t-elle correctement. Dès qu'il l'aperçut, il se précipita vers elle et d'une voix alarmée, s'exclama : « Oh mon Dieu, oh mon Dieu, que s'est-il passé, que s'est-il passé, vous allez bien ? » Elle le rassura immédiatement, lui disant qu'elle allait bien, que vraiment non, il n'y avait pas besoin de... mais ses protestations, comme toujours avec Gareth, s'avérèrent inutiles. Il se pencha vers elle, et pendant un instant, elle craignit que sa bedaine ne le propulse en avant et qu'il ne tombe, de tout son poids, sur elle. Mais heureusement, il réussit à attraper ses mains sans tomber et l'aida à se relever. Il lui tapota l'épaule de manière réconfortante et lui dit :

— Voilà, voilà, ma chère.

— Vraiment, Gareth, je vais bien, c'est juste que...

— Ne vous avais-je pas prévenu que vous travailliez trop ces jours-ci ?

— Non, Gareth, vraiment, c'est juste que... je... le courrier...

— Non, non, non, ne me faites pas le coup du « c'est juste que ». Nous connaissons tous votre sens du devoir, mais vous n'êtes pas raisonnable... Tous ces remplacements et ces gardes que vous effectuez... Voyons, vous travaillez jusqu'au point de ne même plus tenir sur vos jambes... Non, non, non, ce dont vous avez besoin, c'est d'une bonne tasse de thé avec de savoureux scones. Ce que j'ai justement chez moi. Cuits il y a peine quelques heures.

Katherine cessa de tenter d'expliquer pourquoi elle s'était retrouvée assise par terre. Elle savait que Gareth avait un faible pour elle, et elle se sentait souvent mal à l'aise et presque peinée de ne pas lui rendre son affection. Elle ne le trouvait ni intelligent, ni séduisant, mais c'était un homme bien. Oui, le genre d'homme bien, elle le savait, qui aurait du thé et des scones prêts pour elle à chaque fois qu'elle reviendrait d'une garde difficile. Oui, Gareth était un homme gentil. Pendant qu'il parlait, elle se dit qu'elle devrait, un jour, accepter son invitation et voir ce qui en résulterait. Après tout, elle s'était sentie de plus en plus seule récemment, et même, souffreteuse. Elle savait que la solitude, comme pour beaucoup de personnes d'ailleurs, n'était pas bonne pour elle. Une phrase dans un conte qu'elle lisait enfant lui vint à l'esprit : « Tu n'es pas malade, tu passes simplement trop de temps tout seul ; ce dont tu as besoin, c'est de compagnie. »

Pendant un court instant, Katherine envisagea même d'accepter son invitation ce soir-là. Mais, alors que cette pensée lui traversait l'esprit, Gareth prononça une platitude de plus et elle décida que la solitude, une fois encore, serait finalement plus supportable que la conversation soporifique de son voisin. Comme d'habitude, il eut l'air blessé par son refus et fixa en silence ses chaussures du regard. Timidement, sans lever les yeux, il lui dit : « Eh bien, laissez-moi au moins porter vos sacs. » Ils montèrent les escaliers sans parler. Elle se sentit coupable quand elle ferma la porte devant lui, devant son crâne dégarni, devant ses candides yeux bruns et son sourire gêné, mais ressentit un soulagement indéniable dès qu'elle se retrouva seule.

Une fois à l'intérieur de son appartement, elle alla dans le salon et posa l'enveloppe verte sur la cheminée, et les autres lettres sur une table basse. Ensuite, elle enleva son manteau et soupira car elle vit qu'elle avait oublié, une fois de plus, de se changer avant de partir du travail. Avec irritation, elle regarda sa blouse blanche, l'ôta d'un geste vif, la jeta dans la machine à laver et se changea. Méticuleusement, lentement, elle se lava le cou, les mains et le visage. Puis, elle retourna dans le salon. Elle s'apprêtait à ouvrir la lettre quand son estomac se souleva de faim, et soudain, elle eut peur. Elle ne savait que trop bien à quoi s'attendre de l'expéditeur de cette lettre. Cette missive contenait sans doute des mots méchants. Ou des insultes. Ou des menaces. Ou tout ça à la fois. Lire la lettre avant le dîner lui couperait probablement l'appétit, pensa-t-elle. Et il fallait qu'elle mange. Récemment, elle était devenue bien trop mince et elle ne pouvait pas se permettre de ne pas dîner.

Aussi, elle décida d'aller se préparer dans la cuisine un repas frugal : une omelette à la menthe avec des bâtonnets de carottes. Puis, elle revint dans le salon avec son plat et se carra dans son gigantesque fauteuil à oreilles bleu marine, face à l'enveloppe vert chartreuse. Celle-ci était posée sur la tablette en marbre de la cheminée et accotée verticalement contre un beau trumeau baroque. Katherine mangea très lentement, résolue à ne pas se dépêcher à cause de cette lettre, à ne pas être stressée à cause d'elle, à ne pas se laisser dicter quoi que ce soit par elle. Elle était consciente qu'elle devait sans doute sembler ridicule, mâchant ainsi devant cette enveloppe, avec une expression à la fois de défi et d'anxiété sur le visage, comme si cette lettre était un adversaire.

Pendant qu'elle la fixait du regard, ainsi que l'écriture détestée, des souvenirs ressurgirent les uns après les autres, lentement. Tous désagréables, sauf un. En fait, il ne s'agissait même pas d'un souvenir réel, mais du souvenir d'une photo. Cette photo avait dû être prise quand elles étaient âgées de deux et sept ans. Katherine portait une robe d'été avec des motifs floraux ; ses doigts, minuscules et adorablement dodus, indiquaient la même direction que ceux de sa sœur. Elle imitait sa sœur aînée, comme le font les tout-petits, si fréquemment et spontanément. Elles souriaient toutes les deux avec joie, échangeant des regards complices, qui exprimaient une tendresse réciproque. Cependant, en puisant dans ses souvenirs réels avec son serpent de sœur, Katherine ne se rappelait pas avoir jamais ressenti ni tendresse ni complicité.

Visualiser cette photo lui fit venir les larmes aux yeux, mais elle les essuya rapidement. Pathétique, pensa-t-elle, qu'elle puisse être aussi émotive, malgré tous les décès, la douleur et la misère auxquels elle avait assisté. Son bouclier émotionnel n'était pas aussi solide que ce que à quoi elle s'attendait, aussi solide qu'elle le souhaitait. Elle se consola en se disant que l'on était, inévitablement, plus fort devant les peines et les tragédies d'autrui, et que l'on était condamné à être plus affecté par ses propres blessures : le nombre de drames dont on avait été témoin ne pouvait rien changer à cela. Ce n'était qu'humain.

Pendant le Régime de l'Habilitation, il avait été martelé aux gens qu'avoir des émotions était néfaste, que c'était même un défaut majeur d'en ressentir, et que les humains devaient s'échiner à devenir parfaits, c'est-à-dire, robotiques et forts, en toutes circonstances. Bien qu'elle sût que cela n'était pas vrai, ni désirable, cette propagande avait probablement laissé une empreinte dans son esprit, d'où son souhait, de temps en temps, et surtout maintenant, de pouvoir être continuellement forte. Comme si cela était facile et possible avec simplement un peu de volonté. Elle comprit qu'elle ne pouvait pas être forte en ce moment, ni ne le souhaitait et donc, elle laissa libre cours à ses émotions, elle laissa sa colère couler à flots, contre elle-même et contre sa sœur. Elle se mit à soliloquer, à voix haute et avec véhémence : « Pourquoi devrais-je être affectée par cette lettre ? Pourquoi la vue de son écriture devrait-elle me mettre dans un tel état ? Quelle sorte de nostalgie pourrais-je avoir pour une personne qui a été méprisante envers moi, qui a profité du désespoir des individus, et s'en est nourrie, pourrais-je même dire ? Les liens du sang n'excusent pas tout ; d'ailleurs, ils devraient faire exactement le contraire. Ils devraient ne rien excuser. »

Avec un regard empli de courroux, Katherine se leva et prit la lettre. Maintenant que son anxiété avait été remplacée par de la colère, elle était prête à affronter son contenu. Elle ouvrit l'enveloppe et allait en sortir la lettre, quand quelqu'un frappa trois petits coups rapides à sa porte. D'un geste agacé de la main, elle reposa la lettre sur la tablette de la cheminée, marcha sur la pointe des pieds vers la porte d'entrée et regarda par le judas. Elle craignait que ce ne soit Gareth, venu lui apporter des scones. Mais elle vit Mary, tremblante et se mordant les lèvres. Katherine ouvrit immédiatement la porte. L'air navré, la voix pantelante, Mary balbutia :

— Je suis désolée de te déranger aussi tard. J'ai frappé seulement car je t'ai entendue parler. Es-tu avec quelqu'un ?

— Non. Je me parlais juste à m... Ce n'est pas grave. Qu'est-ce qui ne va pas ? Que s'est-il passé ? demanda Katherine d'un ton impatient.

— C'est encore moi qui ai fait n'importe quoi, répondit Mary à toute vitesse et en avalant ses mots. Je cuisinais et j'ai commencé à mixer ma soupe aux légumes brûlante... et j'ai oublié de mettre le couvercle sur le blender...

Mary s'interrompit et montra son bras à Katherine. Elle avait une énorme brûlure.

— Je suis désolée de t'embêter au lieu d'aller au dispensaire local mais John n'est pas là et les enfants dorment. Je ne veux pas les réveiller, continua-t-elle.

Katherine opina du chef puis retint un soupir d'irritation et un regard de dégoût quand elle examina de plus près la chair brûlée et boursouflée. Une fois de plus, elle sentit qu'elle n'avait vraiment jamais été faite pour ce travail. Le ressentiment habituel et le mépris pour le corps humain qui avaient été inculqués aux gens, à elle, pendant le Régime de l'Habilitation, pénétrèrent insidieusement son esprit pendant quelques secondes, mais elle les combattit. « Non, se dit-elle, je ne ressentirai aucune honte pour la fragilité du corps humain. » Progressivement, l'irritation de Katherine se transforma en fierté, quand elle vit le regard anxieux de Mary se transformer pour exprimer de la gratitude, pendant qu'elle nettoyait délicatement la peau brûlée, y apposait une compresse de gaze et la pansait avec dextérité.

Quand Katherine eut fini, Mary la serra avec son bras indemne et insista pour qu'elle vienne prendre un peu du « délicieux » (elle prononça le mot avec emphase) gâteau aux carottes qu'elle avait rapporté de sa boulangerie. S'il était pénible à Katherine de refuser les invitations de Gareth, il lui était quasiment impossible de refuser celles de Mary. Katherine s'était souvent demandé pourquoi elle acceptait ses invitations, et elle en était venue à la conclusion que c'était parce que Mary lui rappelait un peu la femme enjouée qu'elle avait elle-même été auparavant, mais surtout, parce que Mary était une des rares personnes qui réussissait, de temps en temps, à la faire rire. En vérité, Mary était la seule personne que Katherine, avec la vie de quasi recluse qu'elle menait depuis des années, pouvait considérer un peu comme une amie. Donc, malgré sa fatigue, Katherine sourit à sa voisine et acquiesça. Elle attrapa rapidement un châle bleu en cachemire et suivit Mary jusqu'à son appartement au deuxième étage. Bien que la cuisine fût moins confortable que le salon, elles s'y assirent, car elles ne voulaient pas prendre le risque de réveiller les enfants de Mary. Plusieurs fois, leurs éclats de rires les avaient tirés de leur sommeil.

Mary mit de l'eau à bouillir et sortit le gâteau aux carottes du réfrigérateur. Elle le déposa avec précaution sur un joli présentoir à gâteau en porcelaine blanche, décoré avec des pois rouges. Le gâteau était délicieux comme s'en était vantée, avec raison donc, Mary. Il était moelleux à souhait et son glaçage fondit agréablement sur la langue de Katherine. Elle mangea deux copieuses parts pendant que Mary lui racontait les derniers — bienveillants — commérages du quartier, ainsi que les exploits et méfaits de ses quatre enfants. Comme d'habitude, après environ une heure et demie, Mary prononça sa phrase rituelle, à savoir, qu'il lui était encore difficile de croire à quel point la vie était devenue agréable, et à quel point il lui était encore étrange d'avoir de moins en moins de choses à propos desquelles se plaindre. En riant, elle ajouta : « Récemment, juste par réflexe des anciens jours, je me suis surprise à ouvrir la bouche pour pester contre l'insécurité, la pollution, le système fiscal, le permis d'habilitation ou encore que sais-je ; mais juste avant de proférer mes premières paroles vindicatives, je me rends compte que je n'ai plus de raisons de me plaindre de tout ça ! »

Katherine regarda sa montre en bâillant. Mary était à l'heure avec sa phrase rituelle. Elles étaient assises ensemble depuis une heure et vingt-huit minutes. Il était vingt-trois heures. Katherine annonça qu'elle devait partir. Elle donna quelques conseils à Mary concernant sa brûlure et lui recommanda de ne plus remettre au lendemain sa formation aux soins de premiers secours. Quand Katherine rentra dans son appartement, elle se mit directement au lit. Comme souvent, la conversation de Mary lui avait fait oublier ses soucis. L'inesthétique enveloppe verte, comme par magie, lui était sortie de l'esprit.

CHAPITRE III

Le lendemain, le réveil de Katherine sonna à six heures du matin. Ses paupières étaient toutes collées ; elle ouvrit les yeux très lentement et se releva mollement sur ses coudes. Elle grimaça quand elle se souvint qu'elle devait réaliser une appendicectomie ouverte dans quelques heures. Les actes chirurgicaux étaient les tâches qui lui étaient le plus pénible. Mais elle savait trop bien qu'elle faisait partie des Mondiens du Sud qui se devaient de les exécuter jusqu'à ce qu'un nombre suffisant de citoyens soient capables de prendre le relais. Katherine soupira et se consola en rayant un jour sur son calendrier avec un crayon noir. Au moins, se dit-elle, chaque journée qui passait la rapprochait de la fin des sessions de formation des officiers chirurgicaux.

Ensuite, en pensant à son projet d'entreprise personnelle et à la fin, dans un an, de ses tâches médicales régulières, elle se leva, dulcifiée. Après avoir fait sa toilette et s'être habillée, elle alla dans la cuisine et se prépara deux tasses de thé English Breakfast, l'une avec du lait, l'autre sans. Elle les mit sur un petit plateau en bois d'acacia et alla dans le salon pour s'asseoir dans son fauteuil à oreilles, en face de la cheminée, sur laquelle elle avait laissé la lettre la nuit précédente. Elle sursauta quand elle vit la laide enveloppe vert chartreuse, puis regarda sa montre-bracelet. L'opération était dans moins de deux heures. Elle savait qu'elle ne pouvait pas lire la lettre maintenant et prendre le risque d'être émotionnellement perturbée à cause de son contenu. Ce matin, elle devait être particulièrement concentrée, car, en plus d'opérer, elle avait quatre nouveaux apprentis qui rejoignaient son groupe de formation et elle devait être prête à répondre à leurs questions et à répéter ses gestes patiemment.

L'idée de passer du temps dans le bloc opératoire commençait déjà à la rendre nerveuse. Pour se détendre, elle prit une profonde inspiration et récita à haute voix trois fois : « La chirurgie n'est rien d'autre que la répétition de gestes précis. » Cette phrase avait été la devise de Daniel, le chirurgien qui, pendant les Années de Résistance, avait partagé ses compétences avec elle et l'avait aidée à devenir une excellente officière chirurgicale. Une fois détendue, elle but ses deux tasses de thé et grignota deux petits toasts sur lesquels elle avait soigneusement étalé de la confiture de rose. Avant de quitter son appartement, elle regarda la lettre avec hésitation. Elle la prit dans ses mains, et, après quelques secondes, la remit sur la tablette de la cheminée.

Quand elle sortit, il tombait du grésil. Elle monta dans son vélocipède-siège décapotable, posa son sac dans l'espace du fond et se mit en route. Hormis une ambulance, un bus ou un taxi ici et là, la file motorisée était quasiment vide, comme à l'accoutumée. En effet, la majorité des habitants du Monde du Sud se déplaçait grâce à leur propre force musculaire, le plus souvent à vélocipède, mais aussi en patins, en trottinette, en planche à roulettes ou à pied.

Après la chute du Régime de l'Habilitation, l'urbanisme ainsi que le marché du travail et de l'instruction avaient été réorganisés, et la mobilité active était devenue la forme de transport la plus pratique et la plus sûre pour se rendre au travail, s'approvisionner, s'instruire ou se distraire. Malgré les années qui passaient, Katherine ne se lassait pas du plaisir de faire du vélocipède sans inhaler les odeurs des pots d'échappement et surtout sans risque de se faire écraser par un véhicule à moteur. Elle ne se lassait pas non plus de l'éclectisme et de l'originalité des nouveaux engins qui étaient conçus régulièrement pour satisfaire les besoins et les fantaisies des citoyens du Monde du Sud : il y avait des trottinettes à grandes roues, des monocycles, des tandems, des tridems, des quadridems et des vélocipèdes cargo de toutes les couleurs.

Il fallut seulement quinze minutes à Katherine pour se rendre à l'hôpital. Elle gara son vélocipède-siège sous l'abri réservé aux véhicules à propulsion musculaire, à côté de l'entrée du bâtiment. L'hôpital ressemblait à un immeuble de bureaux. Il était gigantesque et avait ce design étrangement effrayant, bureaucratique, de la période du Régime de l'Habilitation. Elle se rappela avec soulagement qu'il serait rasé dans un an et remplacé par une ferme urbaine.

Après être entrée dans le bâtiment, elle se dirigea hâtivement vers le service de chirurgie. Les apprentis étaient déjà là, en train de se nettoyer les mains scrupuleusement. Elle se joignit à eux. Comme souvent, les apprentis les plus âgés avaient l'air gêné, à cause de leur manque de diplômes. Fidèle à son habitude, Katherine les prit à part et leur confia sa propre histoire, c'est-à-dire qu'elle n'était pas chirurgienne, ni même docteur, mais qu'elle avait été formée par un chirurgien pour effectuer quelques opérations spécifiques. Puis, elle donna des explications à tout le groupe.

Les jeunes apprentis, contrairement à leurs aînés, avaient l'air impatient et excité, et ne ressentaient aucun complexe d'infériorité du fait de leur absence de diplômes. Katherine était heureuse que les jeunes générations comprennent la différence entre avoir un diplôme et avoir des compétences. Aux jeunes, il suffisait qu'elle précisât le nombre de vies qu'elle avait sauvé et le nombre d'opérations qu'elle avait effectué. Peu leur importait le nombre d'années qu'elle avait passé dans un amphithéâtre d'une université conventionnelle pendant le Régime de l'Habilitation, ou le nombre de ses diplômes.

Quand elle estima que tous les nouveaux apprentis étaient prêts pour ce qui les attendait, ils entrèrent dans la salle d'opération. À la vue du corps anesthésié, Katherine éprouva son tourment habituel. Elle ressentait profondément la solennité de son devoir envers le corps de l'être humain qui avait implicitement mis toute sa confiance en elle, en s'abandonnant, dans un profond sommeil, entre ses mains.

Elle s'approcha du corps immobile, mit sa main sur le front du patient et prononça quelques mots apaisants, comme s'il était éveillé. Elle se sentit un peu tendue quand son collègue lui tendit le scalpel. Pour se détendre, elle imagina que Daniel était à côté d'elle. Le simple fait de l'imaginer auprès d'elle la détendait toujours, même si elle savait bien qu'il ne se tiendrait jamais plus à ses côtés, puisqu'il avait été « accidentellement » blessé lors d'une manifestation contre le Régime de l'Habilitation, et était décédé des suites de ses blessures.

Dès qu'elle se sentit calme et que sa main fut parfaitement stable, elle fit la première incision. Elle exécuta tous les gestes nécessaires particulièrement lentement et précisément. À la fin de l'opération, elle demanda à l'apprentie la plus expérimentée, Julia, de suturer les incisions. Si elle le faisait correctement, comme elle l'avait déjà fait plusieurs fois, Katherine décida qu'elle certifierait ce jour-là qu'elle avait acquis la compétence requise. Julia l'impressionnait car elle avait appris extraordinairement vite. Katherine observa ses mouvements avec attention. Ensuite, elle inspecta la cicatrice et elle fut satisfaite, les points de suture de Julia étaient propres et nets. Quand l'opération fut finie, le groupe alla au vestiaire. Ils se changèrent et Katherine demanda aux apprentis de la suivre dans son bureau. Ils s'assirent tous autour d'une table ronde et Katherine répondit à leurs questions concernant l'opération. Elle répéta quelques gestes sur le mannequin qui était dans son bureau. Ensuite, elle prit un morceau de papier sur lequel elle écrivit quelques mots, le signa et le donna à Julia. C'était le certificat confirmant qu'elle était capable d'effectuer une appendicectomie ouverte.

À la surprise de Katherine, au lieu d'avoir l'air satisfaite, Julia eut l'air bouleversée. Elle ouvrit la bouche pour parler mais aucun son ne sortit de ses lèvres. Katherine annonça que le cours était fini et les autres apprentis, qui avaient remarqué l'agitation de Julia, partirent discrètement. Julia et Katherine restèrent assises en silence. Comprenant que Julia faisait un immense effort pour retrouver son calme, Katherine la regardait avec une expression patiente et douce sur le visage. Après quelques dizaines de secondes, Julia demanda à Katherine si elle pouvait lui consacrer quelques instants. Katherine approuva de la tête. D'une voix atone, Julia déclara :

— Je suis désolée de ne pas avoir eu l'air contente quand vous m'avez tendu le certificat. Et d'avoir eu l'air si agitée. Pourtant, je vous assure, la compétence que vous venez de m'aider à acquérir, a une grande, une très grande importance pour moi.

Alors qu'elle finissait sa phrase, sa voix se mit à trembler. Elle s'interrompit. Katherine attendit en silence qu'elle recommence à parler. Après quelques secondes, Julia expliqua d'une voix entrecoupée de silences :

— Je vous suis particulièrement reconnaissante de ne pas avoir retenu contre moi le fait que je vienne de... enfin... vous savez. J'y ai seulement été élevée, ce sont mes parents, et non moi, qui ont décidé de vivre... là-bas. Enfin, ce que je veux vous dire, c'est que... c'est que... j'ai quitté le Monde du Nord parce que... mon... mon frère... mon frère cadet... il... Un jour, il a oublié une des six pilules obligatoires mensuelles que les Mondiens du Nord ont l'obligation de s'administrer. Son permis d'habilitation a été désactivé, sans même qu'il s'en rende compte : il s'était senti un peu souffrant pendant quelques jours ; il était resté chez lui et n'avait pas eu besoin de le scanner pour entrer où que ce soit. Il avait toujours été en très bonne santé et il n'avait que... vingt ans. Il a sans doute pensé que ses douleurs allaient partir au bout de quelques jours. C'est seulement quand il a commencé à se sentir vraiment mal, et a eu peur qu'il s'agisse de l'appendicite, qu'il s'est rendu à la clinique IA. Quand il a scanné son permis d'habilitation, l'écran du scanner a affiché : « permis invalide, entrée refusée », et les portes ne se sont pas... ouvertes. Il a demandé aux patients et aux visiteurs qui entraient et sortaient de l'aider à entrer, mais ils ont refusé. Ils le regardaient simplement comme s'il était un... Déshabilité ou un... fou, bien qu'il leur ait expliqué qu'il devait s'agir d'une erreur, qu'il avait toujours suivi tous les ordres du gouvernement, que son permis d'habilitation devait être valide, qu'il devait y avoir un bug informatique, comme cela arrivait parfois. Finalement, il a poussé quelqu'un pour entrer à l'intérieur du bâtiment mais les robots de sécurité l'ont immédiatement expulsé. Puisqu'il n'y a pas de chirurgiens humains dans le Monde du Nord, seulement des chirurgiens IA qui ont été programmés par des ingénieurs, il n'a trouvé personne pour le soigner. Et il...

La voix de Julia s'éteint. Katherine la regarda avec compassion. Elle connaissait la fin de son récit. Malheureusement, elle avait entendu ce genre de tristes récits plusieurs fois. Ils variaient, bien sûr, mais les faits principaux étaient souvent identiques. Le frère de Julia était mort, probablement devant la clinique, ou chez lui, pendant que Julia et ses parents étaient en train d'essayer de comprendre pourquoi son permis d'habilitation avait été désactivé. Ils découvrirent trop tard qu'il avait oublié d'avaler la bonne pilule, au bon moment. Aussi, probablement, comme son permis d'habilitation était désactivé, une tombe lui avait été refusée et son corps avait été jeté dans une fosse commune. La plupart des connaissances de Julia, et peut-être même quelques membres de famille n'avaient exprimé aucune compassion envers son frère, insinuant même que ce qui était arrivé était de sa faute, qu'il n'aurait pas dû oublier de prendre sa pilule. Et cela en avait été trop pour Julia et l'avait décidée à quitter le Nord. Katherine posa sa main sur celle de Julia et lui dit :

— Toutes mes condoléances.

Interloquée, Julia la regarda avec surprise et commença : « Comment savez-vous que... » puis s'interrompit. Son air surpris se mua en un air de compréhension. Elle continua :

— Bien sûr... Évidemment... D'autres Mondiens du Nord exilés ont dû vous faire le même triste récit. Je suis désolée de vous avoir ennuyée avec ma propre histoire.

Katherine répondit, aussi délicatement qu'elle le put :

— S'il vous plaît Julia, ne vous excusez pas. Comme vous l'avez dit, ce n'est pas vous qui aviez décidé de vivre dans ce monde, et c'est tout à votre honneur, que vous vous soyez finalement indignée et ayez rejeté le manque d'humanité et de solidarité du Monde du Nord. Vous êtes courageuse d'avoir quitté le monde facile, d'abondance et d'obéissance, dans lequel vous avez été élevée, pour rejoindre notre société de travail et d'effort. Nous, dans le Monde du Sud, sommes conscients que le Nord peut être un lieu très confortable pour ceux qui acceptent d'être mis au pas, n'oublient jamais de prendre les pilules obligatoires, ni n'oublient... d'obéir. »

— C'est incroyablement... gentil de votre part d'essayer de me trouver des excuses, mais la vérité est que j'aurais... nous... aurions dû nous rendre compte qu'il fallait quitter le Nord bien avant qu'il ne... meure, répondit Julia d'une voix amère.

— Ne soyez pas si dure envers vous-même et envers... votre frère. Il n'est pas si facile de se rendre compte de ce qui arrive au sein de sa propre communauté, à moins d'être personnellement touché dans sa chair, dans son amour, pour ceux, bien sûr, qui sont encore capables d'amour dans le Monde du Nord. Et, de toute évidence, vous l'étiez et vous l'êtes.

Un sourire de gratitude effleura les lèvres de Julia, puis son expression se fit solennelle et grave. Katherine la félicita une fois de plus d'avoir obtenu son certificat aussi rapidement et lui souhaita bonne chance. Elles se serrèrent la main et Julia, tenant son certificat délicatement contre sa poitrine, comme s'il s'agissait d'un oisillon blessé, quitta la pièce.

CHAPITRE IV

Une fois seule dans son bureau, Katherine rédigea le compte-rendu de l'opération, passa quelques appels téléphoniques, puis partit déjeuner. Le grésil s'était enfin arrêté ; la journée s'annonçait maintenant très fraîche mais ensoleillée. Elle marcha jusqu'à l'arboretum du quartier, qui se trouvait à cinq cents mètres de l'hôpital. Bien qu'il n'eût été planté que quatre ans auparavant, l'arboretum était déjà luxuriant et les feuillages des arbres dégageaient des fragrances aussi enivrantes que variées. Le nom botanique des différentes espèces était inscrit sur des petits panneaux en bois, en latin. Katherine aimait les apprendre et les connaissait presque tous par cœur maintenant.

Une trentaine d'élégants samovars étaient répartis à distance égale dans l'arboretum, et Katherine s'arrêta devant l'un d'eux. Elle sortit de la poche de son manteau une tasse rétractable et la déplia. Pendant que l'eau coulait doucement dans sa tasse, elle observa son visage dans un des micromiroirs du système de chauffage solaire du samovar. Son visage était toujours tendu à cause du stress de l'opération. Elle se força à sourire. « Mieux », pensa-t-elle. Ses joues étaient d'un blanc spectral. Elle les pinça vigoureusement pour leur donner une teinte rose. « Encore mieux », dit-elle à haute voix, puis murmura, furtivement, « Maintenant, j'ai presque l'air heureuse d'être en vie. »

Une fois sa tasse remplie, Katherine se dirigea vers le plus ancien des arbres au caramel ; elle l'avait planté avec des collègues quand le projet de l'arboretum avait débuté. L'arbre se trouvait devant la magnifique colonnade en bois de l'arboretum, qui était toujours pleine de gens, quel que soit le temps. Elle s'assit sur un banc sous l'arbre au caramel, toujours avec son sourire forcé sur le visage.

Après quelques minutes, elle relâcha ses zygomatiques. Son sourire faux et tiré disparut instantanément. Le « truc du sourire forcé » de Mary ne l'aidait jamais à se détendre, bien au contraire en vérité. Néanmoins, malgré son inutilité, Katherine se sentait moralement obligée de se plier à cet exercice facial, au moins de temps en temps, puisqu'elle avait promis à Mary de le faire. Elle commença à boire son thé à petites gorgées, et sortit un sandwich de son sac. Bientôt, une famille vint s'asseoir à quelques mètres d'elle. En regardant cette famille joyeuse, un sentiment de privation, de dénuement, envahit Katherine, et immédiatement après, une grande tentation l'assaillit.

Elle était consciente qu'elle ferait mieux de résister à cette tentation, mais pourtant, elle y céda. Respirant très lentement, les yeux à demi fermés, elle imagina qu'elle aussi, était assise avec sa famille, avec Henry et les trois enfants qu'ils auraient eus. Elle avait toujours voulu avoir trois enfants. Une scène plaisante se dessina dans son esprit : trois enfants graciles, assis entre elle et Henry sur ce banc, sous cet arbre au caramel. Ils avaient les mêmes cheveux noirs, soyeux et bouclés que les siens, mais leurs yeux étaient du même bleu clair que ceux de Henry.

« Caroline, Christopher et Cecil. Oui, ils se seraient prénommés ainsi. Des prénoms adorables pour des enfants adorables », pensa-t-elle, et un vrai, magnifique sourire, illumina soudain son visage. La scène se fit de plus en plus précise : Caroline, Christopher et Cecil avaient préparé une surprise pour elle et Henry : des sandwichs au concombre et une salade de fruits. Elle caressait doucement les cheveux de l'enfant qui était assis à côté d'elle — il dit quelque chose de drôle et elle rit. Puis Henry, pour immortaliser le moment, dessina au crayon un croquis, qui serait devenu plus tard son portrait de famille le plus réussi.

Heureusement pour Katherine, sa montre bipa exactement au moment où sa rêverie devenait trop vive et approchait de la limite subtile et périlleuse entre douceur et douleur. Elle avala son thé, rétracta sa tasse et la glissa dans sa poche, puis mangea son sandwich rapidement. Elle tenait absolument à être présente pour le réveil du patient qu'elle avait opéré dans la matinée. Elle arriva juste à temps. Julia était déjà là, tenant la main du patient ; ce fut une scène réconfortante pour Katherine. Parmi les quelques aspects de son travail qui la faisaient tenir, l'empathie, la douceur, qui avaient été réintroduites dans la prise en charge des patients, étaient les plus importants à ses yeux. Sous le Régime de l'Habilitation, les membres du personnel médical étaient pénalisés quand ils passaient des minutes jugées « superflues » avec les malades. Aucun temps n'avait été accordé pour ce qui n'était pas strictement médical, comme des mots de réconfort ou de simples explications concernant les maladies des patients.

Le patient se réveilla. Katherine et Julia passèrent une trentaine de minutes avec lui, à discuter et à vérifier que sa tension, son pouls et sa respiration étaient stables. Puis, Katherine effectua quelques tâches administratives et fit son tour de garde. Quand elle eut fini, ses sept heures de travail étaient écoulées. En attendant le collègue qui allait la relayer, elle se fit la réflexion qu'il lui semblait maintenant incroyable qu'elle ait pu, sous le Régime de l'Habilitation, tenir debout sur ses jambes pendant dix, douze, et même vingt-quatre heures de garde, et qu'elle ait laissé d'autres l'exploiter à ce point. Pourquoi avait-elle, ainsi que ses collègues, laissé la direction de l'hôpital les traiter, avec les patients, comme une donnée dans un tableau Excel, ou comme un simple morceau d'argile, malléable à loisir, et dont la performance devait être constante, tel un robot ? Pourquoi n'avaient-ils pas déjà tous résisté à l'époque ? Maintenant, courir régulière-ment dans l'hôpital, dans tous les sens, pendant plus de sept heures consécutives, lui semblait inconcevable. Les programmes de décentralisation, dénumérisation et débureaucratisation avaient porté leurs fruits. Les ressources étaient maintenant intelligemment allouées et la grande majorité des citoyens avait des horaires et des emplois du temps corrects dans tous les secteurs d'activité. À l'hôpital, seuls quelques bourreaux de travail solitaires, dont Katherine faisait partie, travaillaient trop en ce moment. Ils s'étaient portés volontaires pour faire des heures supplémentaires en cas d'urgences et pour travailler tous les jours pendant trois mois, sauf pour Noël, jusqu'à ce que le nouveau contingent de citoyens formés aux soins d'urgence indispensables soit prêt. Ensuite, Katherine travaillerait à nouveau seulement quatre jours par semaine, et, dans un an, elle n'aurait même plus à travailler dans le secteur médical, car le pourcentage optimal d'officiers médicaux par rapport à la population du territoire serait enfin atteint. Alors, elle pourrait vivre de, et pour, ses passions. Mais pour l'instant, elle devait encore être patiente. Au moment où elle arriva à cette conclusion, l'officier médical en charge de la prochaine garde apparut dans l'embrasure de la porte. Katherine lui fit un compte-rendu complet de ce qui s'était passé pendant sa garde, lui indiqua ce qu'il aurait à faire, puis, elle quitta l'hôpital.

Elle fit quelques courses bien qu'elle n'en eût pas vraiment besoin. Progressivement, elle se rendit compte qu'elle voulait retarder quelque chose. Dans la serre de sa forêt-jardin locale, où elle cueillait des herbes aromatiques et des fleurs qu'elle avait pourtant déjà chez elle, l'image de la lettre vert acide posée sur sa cheminée surgit dans son esprit, et elle ressentit une crampe dans l'abdomen. Elle s'écria : « Sacrebleu ! », ce qui provoqua l'étonnement des autres cueilleurs. Elle jeta son panier en osier, qui était plein de menthe et de fleurs de calendula, et quitta la serre en courant. Elle bondit sur son vélocipède décapotable, et bien que du grésil recommençât à tomber, elle ne ferma même pas son capot. Avec toute sa force, elle actionna le pédalier de son vélocipède, et, comme si elle était pourchassée par une meute de loups, se dirigea à toute allure vers son appartement. À quelques mètres de chez elle, Katherine freina violemment et faillit heurter la porte du garage de son immeuble. Elle sauta hors de son vélocipède et se précipita vers l'entrée de son immeuble, dont elle poussa brutalement la porte. Elle courut dans l'escalier, déboula dans son appartement et, sans ôter son manteau trempé, elle prit la lettre sur la tablette de la cheminée. Ses doigts étaient humides et collèrent à l'enveloppe. Elle eut du mal à en sortir la lettre. Quand elle y parvint, deux morceaux de papier tombèrent par terre.

Elle se baissa pour les ramasser. Il y avait une lettre, pliée en quatre, et une carte. Une carte de Noël. Katherine lui jeta un coup d'œil critique et jugea rapidement qu'il s'agissait d'une carte typique du Monde du Nord. Criardement sophistiquée. Comme tout ce qui venait de là-bas et qu'elle avait vu sur les exilés du Monde du Nord. Pour elle, cette carte était un patchwork de toutes les pires couleurs possibles et de designs froids d'ordinateurs, auquel aucune main d'artiste n'avait touché. Cette carte était sans âme, sans charme.

« Une Invitation pour Noël » était dactylographiée sur la carte, et on y voyait des Mondiens du Nord, à l'air insupportablement suffisant, assis à des tables dressées avec démesure d'une façon tape-à-l'œil, regardant leur téléphone et tapant des messages, pendant que d'hideux robots IA couraient dans tous les sens autour d'eux. Katherine posa la carte sur la cheminée. Elle déplia la lettre et commença à déchiffrer l'écriture aigre et pointue qu'elle connaissait si bien.

CHAPITRE V

La lettre faisait à peine quelques lignes, dont voici le contenu :

« Katherine,

Je ne doute point, que, si ce message t'est parvenu et que tu es en train de le lire, tu dois être très contrariée. Au moins aussi contrariée que moi, quand j'en suis venue à la douloureuse conclusion que je devais t'écrire et te demander de venir avec Henry pour... »

Katherine cessa de lire et, lentement, s'agenouilla. Puis, elle se mit à sangloter, doucement, presque sans bruit, en se disant intérieurement : « Bien sûr, Marylin ne sait pas que Henry est mort. Elle a été assez sagace pour partir avant que tout ne devienne trop dur des deux côtés. » Tout en essuyant les larmes qui coulaient sur son visage, Katherine poursuivit sa lecture :

« ... pour passer le jour de Noël avec Matthew, Mathilda et moi-même. Nous passerons deux nuits à Stratford-upon-Avon. Il nous sera difficile d'entrer sur le territoire du Monde du Sud mais j'ai trouvé un moyen. Je ne peux pas te donner mon adresse à Stratford. Je ne la connais pas encore moi-même. Sois à la gare à 18 heures le mardi 23 décembre. Quelqu'un viendra te chercher. Il s'agit d'une question de vie ou de mort, donc, je t'en exhorte, viens, si tu as de l'affection pour Mathilda et Matthew. »

Marylin

À peine le dernier mot lu, Katherine se releva brusquement, baissa la main avec laquelle elle tenait la lettre et resta debout, stupéfaite. Elle ne sanglotait plus mais fulminait. Elle était furieuse car sa sœur n'avait visiblement rien perdu de ses insupportables manières, caractéristiques des Très Habilités. « Vraiment typique » maugréa Katherine, « aucune excuse, aucune explication, aucun "s'il vous plaît" ». Uniquement des exigences. Et du chantage émotionnel. Bien sûr que j'ai de l'affection pour Matthew et Mathilda. Je n'ai jamais cessé d'en avoir, malgré le comportement de Marylin lorsque le monde a commencé à se diviser entre Nord et Sud. Et elle a choisi son camp à l'époque. » Des souvenirs de bruits, d'images et d'émotions commencèrent à s'entrechoquer dans l'esprit de Katherine.

Elle se souvint des premières manifestations, des quelques milliers de citoyens battant le pavé pendant des mois, ainsi que de leur étrange incapacité à s'organiser politiquement. Du début de la répression morale et psychologique ; insidieuse, graduelle, contre toute personne qui exprimait une opinion différente de celle des dirigeants. Des mises sur liste noire. De la censure. Des mensonges éhontés. Des restrictions. Du remplacement des humains, dans un nombre grandissant de fonctions, par des machines. Puis, des tentatives de numériser et QR-coder les individus, comme s'ils n'étaient qu'une simple, vulgaire pièce détachée, et tout aussi mesurable, traçable, jetable, interchangeable. Évidemment, cette répression, cette robotisation et ce QR-codage furent justifiés, hypocritement, malicieusement, avec l'argument du « bien commun » par les dirigeants. Et tant de citoyens bien intentionnés les crurent et tombèrent dans ce piège rhétorique, sans voir que cet argument du « bien commun » n'était qu'un cheval de Troie.

Même lorsque des forces gouvernementales utilisèrent du gaz lacrymogène contre des familles pacifiques pendant les manifestations, visant en premier les enfants, la plupart des citoyens ne virent pas que le fragile équilibre social dont ils avaient bénéficié jusque-là, s'érodait. Naïvement, ils pensèrent que l'utilisation du gaz lacrymogène n'était qu'un incident malheureux, une bévue stupide. Ils firent preuve de la même naïveté quand, occasionnellement, des tirs à balles réelles étaient ordonnés afin de disperser des manifestants inoffensifs.

Cependant, une minorité de citoyens, dont Katherine et Henry faisaient partie, avaient réalisé qu'il ne s'agissait pas d'incidents malheureux ; oui, ils avaient réalisé que le modus operandi des dirigeants était en train de changer, et pour le pire. Ils comprirent qu'ils devaient agir pour tenter de mettre un frein à tout cela. Mais Marylin, elle, bien sûr, n'avait aucun intérêt à s'opposer à ce qui était en train d'arriver. Cette société de contrôle et de surveillance, inhumaine et robotique, était tout à son avantage. Grâce à la fortune de son époux, elle faisait partie des cercles des Très Habilités, qui ne pouvaient que souhaiter que la majorité des citoyens soient séparés et coupés de la plupart de leur liens sociaux et affectifs.

Pour elle et ceux de son cercle, les différents groupes qui devaient vraiment travailler pour vivre (les Habilités, les Semi-Habilités, les Peu Habilités, et les Déshabilités, tous désignés avec condescendance par le terme de « Salariés »), ne comptaient pas, même si certains étaient aisés financièrement. Quand le taux de suicide parmi les adolescents des Salariés les plus vulnérables augmenta de deux cents pour cent en un an, certains membres du clan de Marylin commentèrent ce chiffre avec raillerie. Leur mépris n'avait pas de limite.

Ce fut à ce moment-là que des citoyens commencèrent, finalement et progressivement, à devenir agressifs. Il y eut d'abord des graffiti revendiquant des changements. Puis des insultes. Puis des crachats. Puis des claques. Et enfin, des attaques. Mais les dirigeants ne firent rien pour apaiser la situation. Au contraire. Un groupe de politiciens proposa une loi concernant la baisse des impôts sur le foie gras et le champagne, mais non sur les aliments de base. On vola un bracelet à une ministre, dont la valeur était équivalente au revenu d'une année de labeur au salaire minimum. Maladroitement, elle organisa un battage médiatique autour de sa mésaventure. Or, ce vol fut concomitant de demandes de la part des dirigeants, exigeant que la population fasse plus d'efforts financiers et écologiques, à cause des niveaux de pollution et d'endettement national. Ces demandes furent accompagnées de plus de restrictions, de plus de robotisation, de plus de QR-codage des données personnelles, et de plus de contrôles. Mais toujours pour le « bien commun », évidemment, selon les dirigeants.

Et alors, enfin, dans divers pays, un nombre suffisant de groupes de citoyens, résolus et lucides, comprirent qu'ils étaient inutiles de crier leurs revendications sous les fenêtres de dirigeants qui évoluaient dans un monde social où il était banal de posséder des bracelets à des prix exorbitants, et pour lesquels il était plus important de baisser les impôts sur le champagne que sur l'eau.

L'organisation de la résistance politique débuta sur internet, grâce à des citoyens qui s'étaient rencontrés pendant les manifestations. Ces citoyens promurent au maximum les rares canaux d'informations, indépendants de fonds étatiques ou commerciaux, qui subsistaient. Leur auditoire augmenta drastiquement et d'autres radios, blogs, forums et journaux, insubordonnés et insubordonnables, se multiplièrent. Sur ces canaux, dont les gestionnaires et agents étaient motivés par un idéal d'harmonie sociale, étaient exposés, sources à l'appui et sans relâche, les conflits d'intérêts, la corruption active et passive dont le régime de l'Habilitation était perclus. Les citoyens étaient également encouragés à devenir actifs, investigateurs, et à se renseigner par eux-mêmes, ne serait-ce qu'en consultant des bases de données étatiques. Ainsi, simplement en lisant ces dernières, des citoyens découvraient des faits aberrants.

Certains fonctionnaires étaient tellement immergés dans la corruption passive dont ils bénéficiaient, qu'ils ne cachaient même pas l'origine privée des financements de nombreuses institutions publiques. Inévitablement, grâce à l'inédite curiosité politique des populations, et au bouche-à-oreille, un nombre croissant de citoyens, même les plus grands croyants en l'État comme Bienfaiteur et Protecteur, commencèrent à s'interroger sur le degré d'intégrité d'institutions soi-disant publiques, financées majoritairement par les groupes industriels qu'elles étaient censées évaluer.

Par un heureux hasard, le moment où un nombre conséquent d'électeurs furent suffisamment informés, coïncida avec l'approche de plusieurs séries d'élections dans divers pays. Les résistants les plus actifs décidèrent de saisir cette opportunité de changement pacifique en trouvant assez de candidats sérieux, courageux, avisés, honnêtes, travailleurs, prêts à se présenter aux élections. Et ils les trouvèrent, grâce aux réunions politiques qui s'étaient multipliées depuis quelques temps. En effet, tout à fait fortuitement, grâce à des normes constitutionnelles obscures et compliquées que les dirigeants n'avaient pas encore jugé utile de piétiner (sans doute car ils avaient cru impossible que les Salariés s'organisent politiquement), le permis d'habilitation n'était pas requis pour les réunions politiques. Lorsque les dirigeants réalisèrent que les Salariés, contre toute attente, s'étaient organisés politiquement et avaient des candidats pour les représenter, ils prirent peur car, si tous les citoyens qui s'abstenaient d'habitude de voter, se mettaient à voter, ils étaient sûrs de perdre leurs mandats.

La plupart des dirigeants utilisèrent les mêmes tactiques minables. À peine quelques semaines avant les élections, ils annoncèrent que le nombre de conditions nécessaires pour obtenir un permis d'habilitation valide augmenterait et que seuls les citoyens détenteurs d'un permis valide pourraient voter en personne. Les autres devraient voter électroniquement. Or, le vote électronique avait été interdit par les régimes précédents car il avait été constaté que le risque de fraude, à grande échelle, ne pouvait pas être écarté en utilisant un tel moyen de vote.

Pour obtenir le nouveau permis d'habilitation, les citoyens devaient se soumettre à une prise de sang hebdomadaire et prouver n'avoir pas dépassé le quota de pollution autorisé. Un nombre important de citoyens refusa de se soumettre aux prises de sang. De nombreux individus furent automatiquement exclus à cause du quota de pollution. Avec les nouvelles conditions, les citoyens comprirent que les dirigeants allaient leur voler ce qui s'annonçait comme une victoire électorale certaine. Les mots cyniques attribués à Staline, « ceux qui votent ne décident de rien ; ceux qui comptabilisent les votes décident de tout », étaient répétés anxieusement par beaucoup de citoyens.

Suivant toujours une stratégie similaire dans la plupart des pays, le jour suivant les élections, les gouvernants prétendirent qu'ils étaient réélus, leur victoire s'étant jouée à quelques milliers de vote près. S'ils avaient trop falsifié les chiffres, la traîtrise aurait été trop évidente. Mais la majorité des citoyens ne furent pas dupes et ils n'étaient pas prêts à capituler. Ils refusèrent de se faire voler leur victoire et comprirent que, après la résistance politique, était venue l'heure de la résistance écono-mique.

Ils décidèrent que celle-ci devait prendre la forme d'un blocage quasi complet du pays, tant qu'il était toujours en leur pouvoir de le bloquer. Mais ce blocage devait être soigneusement planifié. Les stratèges de cette résistance devaient s'assurer que leurs équipes et alliés pourraient maintenir le blocage jusqu'à ce qu'il apporte les résultats escomptés. Comme dans tout conflit, en plus du courage, l'argent fut le nœud de la guerre, et sans le soutien de quelques individus libéraux, généreux et courageux, héritiers, idéologiquement, du général La Fayette et du comte de Ségur, les résistants n'auraient pas gagné, ou il y aurait eu plus de dommages collatéraux pendant les blocages. Ces libéraux aisés, ainsi que d'autres citoyens plus modestes, mais qui pouvaient cependant aider, donnèrent de l'argent ou hébergèrent pendant des mois les résistants économiques et leurs familles dans leurs propriétés. Ils se rappelaient que cela avait déjà été fait, au siècle précédent, pour des mineurs de charbon en grève, en France, et avait fonctionné.

Grâce à cet esprit de solidarité, les résistants clés contre le Régime de l'Habilitation ne furent pas obligés d'abandonner leur combat pour des raisons de subsistance. L'assistance de ces personnes aisées n'était nullement désintéressée. En effet, elles craignaient de perdre beaucoup, à long terme, sauf si elles réussissaient à intégrer le cercle exclusif des Très Habilités. Et elles étaient conscientes qu'il était désormais quasi impossible de rejoindre ce cercle, à moins d'y naître ou de s'enrichir prodigieusement.

Les Très Habilités, même avec leur capital débordant de leurs comptes en banque, telle une bedaine pendouillant par-dessus une ceinture, ne purent rien faire lorsqu'un nombre significatif de Salariés de différents niveaux d'habilitation, à travers le monde, cessèrent de travailler pour leurs sociétés, quittèrent leurs appartements, arrêtèrent de payer des loyers indécents, cessèrent de s'approvisionner dans leurs centres commerciaux ou sur leurs plateformes électroniques. Au lieu de tenter de rejoindre le clan les Très Habilités, un grand nombre d'Habilités et de Semi-Habilités soutinrent les Peu Habilités et les Déshabilités. Et, comme par magie, les vœux centenaires d'Etienne de la Boétie furent exaucés. Les chaînes de soumission se brisèrent, les unes après les autres. Naturellement, cela prit du temps, et ne commença pas en haut de la cordée, avec les individus proches des dirigeants, ni non plus avec leurs soutiens et leurs larbins complaisants. Non. Cela commença tout en bas de la cordée.

Quand l'argent de leurs diverses rentes arrêta de couler à flots sur leurs comptes bancaires, les Très Habilités ne s'inquiétèrent pas vraiment. Ils pensèrent que l'argent allait revenir, coulant encore plus vite que jamais, en temps voulu. Selon eux, la baisse de la consommation et les blocages ne pouvaient être que temporaires. Mais quand ils constatèrent que, progressivement, un nombre croissant d'huissiers cessèrent de remettre des avis d'expulsion, que de plus en plus de juges ne sanctionnaient plus les citoyens pour des défauts de paiement ou démissionnèrent, et que certaines forces gouvernementales n'appliquaient plus les lois injustes, ou démissionnèrent également, et que personne, visiblement, ne comptait les remplacer, les Très Habilités comprirent que le compte à rebours, leur compte à rebours, avait commencé. Les plus avisés d'entre eux quittèrent leurs pays, pour des territoires du Nord, qui étaient moins habités, et où les citoyens ne s'organisaient pas contre le modèle du Régime de l'Habilitation.

Le coup de grâce mit deux ans à arriver, quand les dirigeants perdirent publiquement leur fausse légitimité électorale, à laquelle ils étaient hypocritement attachés. Ce coup arriva quand l'élite des pirates informatiques, dans le monde entier, s'impliqua. La plupart d'entre eux étaient des anarchistes, et avaient refusé jusqu'ici de rejoindre ou d'aider qui que ce soit. Néanmoins, finalement, et pour une raison inconnue, ils rejoignirent les Mondiens du Sud, comme on commençait à les appeler. Par opposition, on appelait Mondiens du Nord, les Très Habilités et leurs sous-fifres (généralement des Habilités ou des Semi-Habilités, mais aussi parfois des Peu Habilités et même des Déshabilités), qui étaient déjà partis pour le Nord. Les pirates craquèrent la plateforme des votes et rendirent publiques les listes montrant comment les électeurs avaient réellement voté.

Quand cela se produisit, de nombreux gouvernants, avec leurs proches collaborateurs, essayèrent de s'enfuir, mais, soit certains pilotes refusèrent de les transporter, soit des mécaniciens avaient mis les moteurs de leurs avions et de leurs hélicoptères hors d'usage. Beaucoup restèrent au sol et ne purent s'échapper vers le Nord.

Peu après, les candidats qui avaient été dûment élus furent nommés et les procédures de destitution débutèrent dans de nombreux pays. Les candidats élus frauduleusement furent déchus de leur fonction. Henry devint juge. Il travailla principalement sur les dossiers contre les Très Habilités et les Habilités. Ces derniers étaient souvent fonctionnaires, « experts » en tout genre ou journalistes. Des membres de ces deux cercles sociaux avaient souvent blanchi de l'argent, promu des intérêts particuliers au détriment des intérêts publics, ou encore relayé effrontément des mensonges.

Lors de ses enquêtes, Henry découvrit qu'un nombre important de Très Habilités avaient des faux permis d'habilitation. Ils avaient des intérêts en commun avec, ou avaient corrompu, les fonctionnaires chargés de certifier qu'ils avaient bien fait leurs prises de sang ou n'avaient pas dépassé les quotas de pollution. Si la première violation de leurs propres règles fut une surprise pour certains, la violation concernant les quotas de pollution était un secret de polichinelle, puisque la plupart des Très Habilités voyageaient avec des moyens de transport très polluants.

La quasi-totalité des Très Habilités, ainsi que certains Habilités, furent condamnés au bagne à vie, à effectuer des tâches ingrates. Évidemment, ceci provoqua la rage des familles et des amis des coupables, qui avaient réussi à quitter le pays avant les arrestations.

En effet, la majorité des Très Habilités et de leurs partisans considéraient leur furie justifiée parce qu'ils étaient dans le déni total concernant les aspects répréhensibles de leur comportement. Ils étaient fermement convaincus qu'ils avaient droit à une revanche concernant la saisie de leurs biens et les condamnations contre les leurs, leurs amis ou associés. Cela les conduisit à commanditer des actes violents contre les Mondiens du

Sud. Néanmoins, malgré les attaques récurrentes qui se produisirent pendant deux ans après la fin du Régime de l'Habilitation, la plupart des Mondiens du Sud ne regrettaient rien, car la vie devint meilleure, vite, pour tous. Rapidement après la nomination du nouveau et légitime gouvernement, le niveau de vie augmenta, le coût de la vie diminua. Les citoyens purent à nouveau se permettre d'avoir des enfants sans être constamment tourmentés par des questions d'argent. Comme beaucoup d'autres, Henry et Katherine décidèrent de fonder une famille. Katherine était enceinte de six mois quand...

Tel un conducteur qui freine brusquement, Katherine arrêta brutalement le fil de ses pensées : non, elle ne voulait pas se remémorer cela. Elle concentra son attention sur la lettre et la fixa du regard. « Non. Non. Non. Je n'irai pas. Je n'ai nul désir d'y aller », pensa-t-elle. Elle relut la dernière phrase de la lettre plusieurs fois. Les mots, « une question de vie ou de mort », la mirent particulièrement mal à l'aise. Cependant, elle se rassura en se disant que Marylin exagérait probablement, puisque sa sœur avait toujours eu une franche tendance, dès que cela pouvait s'avérer utile à ses intérêts, à monter tout ce qui lui arrivait en épingle. De plus, elle était sûre que contrairement à elle, sa sœur, avec la vie hors-sol et calfeutrée qu'elle menait depuis qu'elle était devenue une Très Habilitée, ne pouvait même pas commencer à comprendre ce qu'une « question de vie ou de mort » signifiait. Marylin n'avait jamais ressenti la dure réalité exprimée par ces mots, dans sa chair, comme Katherine l'avait vécue. Sentir son propre... « STOP », se retint de crier Katherine.

Sa respiration était devenue saccadée. Pour se calmer, elle reconcentra son attention sur la lettre et relut encore les derniers mots : « Si tu as de l'affection pour Mathilda et Matthew. »

« Bien sûr, j'en ai mais je... Quelle question bête et cruelle de la part de Marylin » pensa Katherine. Elle chérissait les quelques souvenirs des moments qu'elle avait passés avec son neveu et sa nièce quand ils étaient tout petits, et aurait aimé qu'ils n'aient jamais été séparés, mais néanmoins, sa décision était prise. Elle dit, tout haut et de manière affirmative : « J'ai trop perdu et sacrifié à cause de gens comme Marylin. Je n'y irai pas. » Au moment où elle finissait sa phrase, son horloge sonna, lui indiquant qu'il était dix-sept heures moins le quart. Son cours de chant était dans quinze minutes. Avec véhémence, Katherine jeta la lettre dans une corbeille à papier puis se prépara pour son cours.

CHAPITRE VI

Le professeur de chant de Katherine, Éléonore, habitait à dix minutes à pied de chez Katherine et celle-ci arriva peu avant l'heure de sa leçon. Malgré le bazar ambiant dans l'appartement de son professeur, Katherine aimait beaucoup s'y rendre. À ses yeux, Éléonore était une excentrique charmante, et son appartement, avec son artistique pagaille, reflétait parfaitement son excentricité.

Éléonore avait de nombreuses passions et on pouvait facilement les découvrir en faisant le tour de sa salle de musique. L'une de ses passions était celle des lutrins. Elle en possédait sept, disséminés dans sa salle de musique. Elle avait aussi une passion pour les contes de fées et avait nommé ses lutrins d'après les sept nains de Blanche-Neige. Ils étaient tous fabriqués avec des variétés de bois et des matériaux différents. Il y en avait même un en verre.

Immanquablement, à chaque leçon, Éléonore plaçait les partitions sur un pupitre, et disait à Katherine : « Voulez-vous bien vous rendre auprès de Timide (ou quel qu'autre fut le nom du lutrin qu'Éléonore avait choisi d'utiliser) aujourd'hui ? » Il y avait toujours trop de partitions sur les pupitres, et, l'été, quand les fenêtres étaient ouvertes, les feuillets virevoltaient fréquemment dans la pièce, d'une façon qui évoquait une chorégraphie aussi énergique que désordonnée.

En plus des lutrins et des contes de fées, Éléonore aimait également beaucoup la mode. Sa penderie contenait assez d'habits pour vêtir trois femmes, peut-être même quatre, et ceci pour n'importe quelle occasion. Cela faisait quatre ans que Katherine prenait un cours hebdomadaire avec Éléonore, et elle ne pouvait pas se souvenir l'avoir vue porter la même tenue deux fois. Ce jour-là, Éléonore était vêtue d'une toge violette, sur laquelle étaient brodées des fleurs dorées. Ses épais cheveux argentés étaient attachés en un chignon « coiffé décoiffé tressé », qui se maintenait en place, périlleusement, grâce à des épingles en forme de clef de sol. Éléonore accueillit Katherine avec un désuet, « Comment vous portez-vous ? » et avec son chaleureux sourire habituel. Elle avait mis un rouge à lèvres prune, qui, par contraste, rendait ses dents encore plus blanches qu'elles ne l'étaient.

Elle se dirigea vers Katherine, lui serra la main de la main droite, et de l'autre, lui tendit une flûte de champagne en cristal, remplie jusqu'au bord, non de champagne, mais d'eau minérale pétillante, parfumée avec quelques gouttes d'eau de rose. Un autre aspect original de la personnalité d'Éléonore était que, bien qu'étant totalement abstème, elle possédait des verres pour tous les types d'alcool — martini, champagne, vin, vodka, sherry, et encore bien d'autres — dans lesquels elle versait uniquement de l'eau aromatisée. Katherine subodorait que sous le Régime de l'Habilitation, Éléonore, comme beaucoup d'autres citoyens désespérés, avait bien été alcoolique, ce qui expliquerait sa collection de verres. Cependant, elle n'avait jamais osé questionner son professeur sur l'origine de sa collection.

Katherine but le contenu de sa flûte de champagne et exécuta docilement ses vocales. Puis elle chanta les cantiques de Noël qu'elle avait préparés pour la leçon. Éléonore passa un long moment à travailler avec elle le chant « Nous Les Trois Rois de Bethléem ». Katherine n'arrivait pas à chanter correctement le Si Bémol car elle avait du mal à se concentrer. Éléonore le remarqua et lui demanda si quelque chose n'allait pas. Katherine mentit, mal, et lui répondit que tout allait bien. Éléonore versa de l'eau minérale et deux cuillères à café d'eau de fleur d'oranger dans deux verres à martini. Elle mélangea l'eau délicatement avec une cuillère à cocktail et dit doucement, presque dans un souffle :

— Très chère, vous savez que vous devriez vraiment arrêter de penser au passé. À lui et à votre... enfin, à eux deux. Cela a été dur pour beaucoup de monde. Rien de ce qui est arrivé n'est de votre faute, bien au contraire. Vous n'avez rien mérité de tout cela.

Katherine prit le verre à martini que son professeur lui tendait et resta silencieuse. La voix d'Éléonore se fit encore plus ténue quand elle dit :

— Si vous ne voulez pas en parler, très bien. Je sais ce que vous ressentez car j'ai souffert comme vous pendant longtemps, après que mon propre époux... enfin, vous savez. Mais, croyez-moi, je regrette de ne pas m'être libérée de mon deuil plus tôt. La douleur ne doit durer qu'un temps. Bien sûr, concernant votre bébé, je ne peux...

Le visage blême, Katherine l'interrompit :

— Merci pour le cours, Éléonore, à la semaine prochaine.

Elle déposa le verre à martini sur une table et se dirigea précipitamment vers la patère qui était située près de la porte. Le dos tourné à Éléonore, elle prit son manteau et l'enfila rapidement. Puis, elle posa sa main droite, qui trembla un instant, sur la poignée de la porte. Avant d'appuyer sur la poignée, elle se retourna et déclara lentement d'une voix rauque :

— Éléonore, je sais que vous ne pensez pas à mal, mais s'il vous plaît, ne mentionnez plus jamais mon fils.

Elle ouvrit la porte et, sans un bruit, la ferma derrière elle.

CHAPITRE VII

Pendant une semaine entière après avoir reçu la lettre de sa sœur, Katherine resta ferme concernant sa décision. Elle pensait quotidiennement à la lettre, bien sûr, mais brièvement, et balayait ses doutes concernant sa résolution de ne pas aller à Stratford presque immédiatement, bien qu'elle en fût désolée pour son neveu et sa nièce.

En effet, elle était désolée pour eux car ce n'était pas leur faute si leurs parents s'étaient comportés comme ils l'avaient fait, avaient obtenu leur fortune d'une manière odieuse, et n'avaient pas rejoint les groupes de résistance. Katherine était également peinée car elle était nostalgique des moments qu'elle avait passés avec Mathilda et Matthew. Plusieurs fois, elle se remémora à quel point elle avait aimé brosser leurs fins cheveux blonds, leur lire des livres et se promener avec eux. Elle regrettait que leur affection naissante ait été brutalement rompue par Marylin et Ed.

Cela était arrivé peu après que Ed ait fait fortune, soudainement, grâce à des investissements douteux dans le secteur ultra polluant des métaux rares, par le biais de « produits dérivés », comme ceux-ci s'appelaient pendant le Régime de l'Habilation. Dans le Monde du Sud, depuis que le système monétaire et bancaire avait été réorganisé, ces « produits » étaient définis comme appartenant aux jeux du hasard et n'intéressaient ni n'occupaient plus personne.

Dès que Marylin n'avait plus eu besoin de sa sœur ni financièrement, ni pour l'aider à s'occuper de ses enfants, elle avait rompu tout contact avec elle. Avant cela, leur relation était déjà mauvaise, et Katherine sentait bien que sa sœur détestait lui être redevable, mais elle avait accepté de l'aider pour le bien de Matthew et Mathilda. Aussi redoutait-elle que seule une raison déchirante ait pu pousser sa sœur à lui écrire maintenant.

Depuis quelque temps, des informations régulières et fiables sur le Monde du Nord ne couraient pas les rues, mais, selon les rumeurs, le territoire devenait de plus en plus violent. Apparemment, le nombre de robots allait bientôt dépasser le nombre d'humains. Les jalousies et les querelles s'intensifiaient entre les Très Habilités eux-mêmes mais aussi entre les autres groupes notés en dessous d'eux dans l'échelle d'habilitation. Ces rumeurs ne surprenaient pas trop Katherine. Après tout, il lui apparaissait inévitable que les individus deviennent dangereusement envieux dans une communauté restreinte et technologique, constamment connectée électroniquement, dans laquelle il est facile de comprendre et de voir qui possède quoi, qui fait quoi. Un tel état des choses était moins probable si les individus étaient perdus dans les méandres d'une société très peuplée, où les citoyens, de surcroît, n'avaient pas de fenêtres électroniques sur la vie privée des autres. Les pires rumeurs disaient même qu'une sorte de Guerre des Roses moderne, avec deux principaux clans s'affrontant, s'annonçait. Katherine avait également entendu dire que les robots étaient parfois piratés et reprogrammés pour voler ou attaquer leurs propriétaires. Bien sûr, elle trouvait cette situation déplorable, mais elle ne pouvait pas s'empêcher de juger que tout cela était « bien fait » pour les Mondiens du Nord.

Donc, voilà quel fut l'état d'esprit de Katherine pendant sept jours. Celui-ci changea brusquement après la célébration de la Saint-Nicolas, à laquelle tout le voisinage participa. Ce fut à contrecœur, comme tous les ans, que Katherine accepta de se charger des décorations. En effet, depuis le décès de son époux, les réjouissances de l'Avent et de Noël l'indifféraient ; les seuls moments de ces festivités auxquels elle prenait plaisir étaient les concerts de cantiques.

Contrairement à Katherine, les autres voisins étaient enthousiasmés par les célébrations. Mary et ses collègues préparèrent d'innombrables biscuits de Noël. Gareth insista pour jouer le rôle du Père Fouettard, malgré le fait que tous les voisins lui aient dit, aussi diplomatiquement que possible, qu'il n'était pas convaincant dans ce rôle. Avec son corps rondouillard et son air inoffensif, il n'arrivait jamais à effrayer aucun enfant. Mais, comme tous les ans, il obtint gain de cause. L'époux de Mary se déguisa en saint Nicolas. Éléonore vint avec ses meilleurs étudiants pour chanter des cantiques. Après la scène traditionnelle de remise de récompenses et de réprimandes, les voisins se réunirent dans l'amphithéâtre du quartier pour écouter le récital d'Éléonore. Celui-ci commença avec un ancien chant de Noël de Bohême. Les yeux joyeux, enfants et adultes écoutèrent la voix cristalline d'Éléonore chanter divinement bien :

Allons ensemble, à Bethléem, La La La La !
Jésus, petit bébé, je vais te bercer
Commence Jacob, avec ta cornemuse, La La La La !
Jésus, petit bébé, je vais te bercer,
Et toi, Jeannot, souffle dans ta flûte, La La La La !
Jésus, petit bébé, je vais te bercer,
Et toi Michel, prends ton violon, La La La La !
Jésus, petit bébé, je vais te bercer,
Et toi, Laurent, prends ta contrebasse, La La La La !
Jésus, petit bébé, je vais te bercer !

La mélodie était particulièrement entraînante. Spontanément, les enfants commencèrent à se balancer d'un pied sur l'autre et à danser ; leurs parents firent bientôt de même. Mais Katherine ne pouvait pas se joindre à l'enthousiasme du public. Les paroles récurrentes du chant à propos du bébé l'affectaient. En chantant le refrain, Éléonore la regardait avec compassion. Mais son regard exprimait également autre chose. Katherine pouvait y lire clairement qu'Éléonore l'exhortait à accepter qu'elle ne se remettrait jamais complètement du drame qu'elle avait vécu, mais qu'elle devait cesser de se fermer aux autres, qu'elle devait aller de l'avant, autant que faire se peut. Mais afin d'y arriver, elle devait d'abord arrêter de s'accuser elle-même, ainsi que d'autres personnes, de ce qui était arrivé.

Katherine savait qu'Éléonore avait raison. Il était vrai qu'elle s'accusait de ce qui était arrivé. Elle accusait les autres aussi, et parfois, même Henry. Brièvement, mais elle le faisait. En vérité, de temps à autre, à sa grande honte, elle souhaitait qu'elle et Henry eussent vécu comme des lâches. Elle était consciente qu'ils auraient ainsi mené une vie humiliante, une vie d'automates, soumis à un régime qu'ils abhorraient, mais au moins, Henry serait toujours probablement en vie. Ils auraient vécu ou, du moins, vivoté ensemble. Bien qu'elle sût à quel point ce souhait était méprisable, qu'il impliquait qu'ils auraient contribué à la pérennisation d'une société cruelle et insensée, elle ne pouvait pas s'empêcher de l'avoir. Oui, elle avait souhaité, plusieurs fois, qu'ils se fussent soumis à tout ce que les dirigeants auraient exigé d'eux ; qu'ils eussent arrêté de penser par eux-mêmes, arrêté de poser des questions, arrêté de rechercher la vérité. Ou elle souhaitait qu'ils se fussent battus comme ils l'avaient fait au début, mais que Henry n'eût pas accepté de devenir magistrat ; et que, de son côté, elle n'eût pas dirigé une des équipes qui avait réuni et gardé en lieu sûr les preuves contre les fonctionnaires du Régime de l'Habilitation et leurs soutiens. Ainsi, elle et Henry n'auraient pas été sous les projecteurs, aucun Très Habilité à l'esprit vengeur n'aurait jamais connu leurs noms. Mais Henry s'était impliqué. Elle s'était impliquée. L'auraient-ils fait s'ils avaient su quelles allaient en être les conséquences ? Au fond d'elle-même, Katherine savait que Henry n'aurait pas changé d'avis. Mais elle n'était pas sûre de ce qu'aurait été son choix.

Pendant que Katherine était perdue dans ses pensées, le chœur chanta plusieurs cantiques au tempo rapide. Elle se remit à écouter quand les choristes entamèrent un chant dont le rythme différait de celui des premiers

cantiques. Celui-ci était très lent, très doux, avec de
nombreuses notes blanches :

> L'ange des bergers
> Est venu annoncer
> La bonne nouvelle
> Afin que nous nous réjouissions
> De sa naissance.

La mélodie ressemblait à une berceuse et Katherine
se sentit tomber, inexorablement, dans une somnolente
torpeur, et tirer vers le souvenir insoutenable qu'elle
réprimait constamment, celui de la naissance de son
enfant. Elle ferma les yeux et tout lui revint.

L'attaque avait été effectuée par des drones. Les
pirates du Centre de Défense Informatique du Monde du
Sud n'avaient mis qu'une dizaine de minutes à détruire
certains drones et à en renvoyer d'autres au Nord pour
une riposte. Mais malgré sa rapidité, leur intervention
n'avait pas permis de sauver tous les citoyens présents
dans la zone attaquée. Bien que les magistrats eussent été
principalement visés, Henry n'avait pas été la seule
victime. Il y en avait eu bien plus.

Ce jour-là, Katherine était restée à la maison. La
journée était belle et ensoleillée. La plupart des attaques
précédentes avaient aussi eu lieu par beau temps, pour la
simple raison que plus de Mondiens du Sud se trouvaient
dehors et représentaient donc des cibles faciles. Bien que
les attaques fussent devenues moins fréquentes,
Katherine, par précaution, évitait encore de sortir quand
il faisait beau. Elle restait dans son jardin, mais près de la

maison, afin de pouvoir s'abriter rapidement en cas d'attaque. Peut-être que leur bébé avait pressenti quelque chose. Il avait beaucoup bougé, ce jour-là, et elle avait tant aimé, ce jour-là, mettre ses mains sur son ventre si joliment, si maternellement rond, pour essayer de deviner si c'étaient ses petits petons ou sa petite tête qui faisaient des bosses sur sa peau tendrement distendue.

Katherine était dans le jardin quand elle entendit que quelqu'un frappait à sa porte. À contrecœur, elle quitta sa chaise longue et alla ouvrir. Le rose de ses joues disparut et son visage prit une teinte livide quand elle vit deux officiers de la paix, l'air affligé, debout devant elle. Elle prononça le nom de son mari d'une voix étranglée. Les officiers de la paix hochèrent la tête avec tristesse. Ils lui demandèrent si elle voulait aller à la morgue pour voir son époux une dernière fois. Quand ils ajoutèrent, avec douceur, qu'elle n'avait pas besoin d'y aller car deux des collègues de Henry l'avaient déjà identifié, Katherine ressentit une violente contraction. Elle dut appuyer ses mains contre un mur pour garder l'équilibre. Les officiers l'aidèrent à se rendre dans le salon et appelèrent la sage-femme de Katherine. Quand celle-ci arriva quinze minutes plus tard, Katherine était déjà en travail et était quasi morte de peur.

Elle n'était enceinte que de six mois et était consciente des dangers liés à une naissance prématurée. Elle voulait désespérément que son enfant vive et souhaitait mourir elle-même s'il venait au monde mort-né. Pendant que la sage-femme était avec elle, faisant de son mieux pour atténuer ses douleurs, une équipe médicale apporta tout le matériel nécessaire pour les naissances prématurées. La sage-femme alluma un feu dans la cheminée pour que la pièce soit très chaude et ainsi, épargner au bébé le moindre choc thermique quand il sortirait du ventre de sa mère. Katherine était en travail depuis trois heures quand son petit garçon vint au monde, hurlant, vivant. Elle ressentit un soulagement ineffable quand elle sentit son doux corps chétif contre sa poitrine. La sage-femme et les officiers médicaux, eux, avaient l'air inquiet. Ils prévinrent Katherine qu'elle devait se préparer au pire. Elle se souvint qu'elle avait alors supplié toutes les Forces et Dieux dont elle avait entendu parler un jour, de le laisser vivre. Contre toute attente, il vécut. Katherine prit soin de lui nuit et jour pendant les cinq mois que dura sa courte vie.

Les dernières notes du cantique s'éteignirent sur les lèvres des choristes. Katherine sortit de sa torpeur. Le concert était fini. Oscar et Ophélia, deux des enfants de Mary, se tenaient debout près d'elle. D'un ton à la fois amusé et réprobateur, ils la réprimandèrent doucement :

— Katherine, vous vous êtes endormie ! Vous avez raté le plus beau chant !

Encore à moitié engourdie, Katherine les regarda et leur fit un sourire mélancolique. Ophélia et Oscar étaient un peu plus âgés que Matthew et Mathilda. Elle se demanda si sa nièce et son neveu étaient aussi heureux qu'Ophélia et Oscar, quel genre de vie ils menaient, s'ils ne l'avaient pas oubliée, s'ils pensaient à elle parfois, comme elle pensait à eux. Elle essaya d'imaginer les visages qu'ils pourraient avoir maintenant mais n'y réussit pas. Son cœur se serra de tristesse. Elle répondit à Oscar et à Ophélia :

— J'ai bien peur que oui, mais seulement une partie du chant.

— Alors, nous allons vous le rechanter.

Ils prirent une profonde inspiration et entonnèrent le cantique. Avant même qu'ils ne finissent le chant, Katherine avait décidé d'accepter la demande de Marylin.

CHAPITRE VIII

Aussitôt après avoir changé d'avis concernant l'invitation de sa sœur, Katherine, d'ordinaire si calme, fut très agitée. Elle était consciente qu'elle avait accepté uniquement pour deux raisons. Premièrement, à cause de Mathilda et de Matthew, et deuxièmement, à cause de l'émotion qu'elle avait ressentie quand Oscar et Ophélia avaient chanté à l'unisson. En effet, elle était convaincue que s'ils ne lui avaient pas parlé à la fin du concert de la Saint-Nicolas, elle n'aurait probablement pas changé d'avis. Mais maintenant, il était trop tard. Le bien, ou le mal (car elle ne pouvait pas encore dire lequel des deux s'était produit) avait été fait.

Les voix d'Oscar et d'Ophélia avaient libéré de fortes émotions chez Katherine et elle devait admettre qu'elle avait hâte de voir Matthew et Mathilda. Elle avait même l'impression étrange qu'ils lui manquaient. Afin d'atténuer son sentiment d'impatience et de solitude accrue, elle décida de passer du temps avec Oscar et Ophélia. Sa décision était également motivée par le fait qu'elle se sentît totalement déconnectée des intérêts et des goûts des jeunes adolescents. Cela lui faisait craindre que Matthew et Mathilda ne la trouvent ennuyeuse et bizarre. Aussi, pendant deux semaines, elle proposa d'aider Mary et John en accompagnant Oscar et Ophélia à leurs activités et en leur donnant des cours de médecine essentielle. Mary et John furent surpris car c'était la première fois que Katherine proposait de passer du temps avec leurs enfants, mais acceptèrent avec plaisir.

Katherine accompagna consciencieusement Oscar à ses cours de piratage et programmation informatiques, et Ophélia à ses cours de défense et de guérilla. Quelques années auparavant, Katherine avait aussi assisté régulièrement à ces formations, afin d'obtenir une bonne connaissance et assez de pratique de ces techniques. Contrairement à Ophélia et Oscar, qui avaient l'air d'aimer ces formations, Katherine n'en avait pas gardé un souvenir particulièrement agréable. Elle était soulagée de n'avoir à assister qu'à quelques sessions par an maintenant. Celles-ci étaient suffisantes pour lui permettre d'évaluer, et si nécessaire, d'améliorer, sa résistance physique et psychologique, de contrôler ses connaissances des techniques de guérilla, et de mettre à jour ses compétences en matière de programmation et d'activation des technologies développées pour la sécurité du territoire.

Comme la plupart des Mondiens du Sud, elle considérait que ces sessions étaient un mal nécessaire. En effet, la grande majorité des habitants du Monde du Sud souhaitaient simplement vivre en paix et s'occuper de leurs plantes, de leurs arts et de leurs familles, mais puisque des représailles du Nord ne pouvaient pas encore, ou ne pourraient peut-être jamais être exclues, un nombre suffisant de citoyens acceptaient de suivre ces formations. Ils étaient conscients que les Mondiens du Nord ne comprenaient que la loi de la jungle et que, de ce fait, une maîtrise adéquate de piratage et de programmation informatiques ainsi que de techniques éprouvées de guérilla, était le prix à payer pour leur tranquillité d'esprit, fondée sur leur certitude qu'ils seraient capables, le cas échéant, de se défendre.

Entre le travail, le temps qu'elle consacra à Oscar et Ophélia, et la frénésie de Noël poussant à confectionner des cadeaux et à cuisiner sans cesse, la période de l'Avent passa rapidement pour Katherine. Pour la première fois depuis des années, elle attendait elle aussi Noël avec impatience. Elle tricota des chaussettes et des écharpes originales pour Matthew et Mathilda. Pendant quelques jours, elle hésita à préparer quelque chose pour sa sœur. Finalement, elle le fit. Elle savait que c'était sentimental et ridicule car sa sœur ne pouvait vraiment être touchée par rien, même le jour de Noël. Néanmoins, l'idée de distribuer des cadeaux à son neveu et à sa nièce mais de n'avoir rien pour Marylin lui déplaisait trop, donc, elle décida de lui offrir un dessin. Elle fit un portrait, en visualisant la photo d'enfance dont elle s'était souvenue le jour où elle avait reçu la lettre de Marylin. Katherine n'avait pas dessiné depuis longtemps et ses premiers croquis furent maladroits mais elle les améliora rapidement. L'exercice du dessin, avec la concentration et la minutie qu'il exige, l'extirpa quelque peu de l'anxiété qu'elle ressentait à l'approche de sa réunion avec sa sœur. Elle travailla sur ce portrait quotidiennement et le finit trois jours avant Noël.

Finalement, le mardi 23 décembre arriva. Katherine se sentait fébrile et commença à faire son sac très tôt, réarrangeant plusieurs fois les cadeaux dans les jolies boîtes qu'elle avait préparées pour emporter avec elle à Stratford. Elle déjeuna à peine, car elle était bien trop à cran pour manger suffisamment. Elle n'arrivait toujours pas à croire que, après toutes ces années, elle allait finalement voir des personnes qui étaient de sa famille, qui étaient « les siens ». Sa nervosité était telle qu'elle prit beaucoup de temps pour choisir sa tenue. Finalement, après moult essayages, elle enfila un pantalon en velours vert foncé et une chemise en soie rouge, puis orna ses oreilles de boucles d'oreilles brillantes en forme de sapin, qu'elle avait récemment, et exceptionnellement, achetées.

Il faisait presque nuit quand elle partit pour la gare. Elle pédala rapidement et arriva vingt minutes avant le départ prévu du train. Après avoir garé son vélocipède, elle patienta en marchant le long du train, qui était déjà à quai. Il partit à l'heure et Katherine se rendit directement dans le wagon-restaurant. Celui-ci était particulièrement agréable, avec des banquettes en velours rouge et des tables en bois, sur lesquelles étaient posées de jolies petites lampes rondes. L'atmosphère y était aussi tranquille que désuète. Katherine rangea son sac sur la galerie et s'assit. Après avoir regardé le menu, elle commanda des muffins aux citrons confits et un chai latte à la citrouille.

En attendant que sa collation soit prête, Katherine regarda par la fenêtre. Les collines étaient enneigées et des touches de lumières, provenant soit des villes, soit des villages, coloraient la campagne. Au bout d'une dizaine de minutes, l'hôtesse du train apporta le chai latte dans une grande tasse en verre à double paroi, avec les muffins, et les déposa devant Katherine. Après avoir remercié l'hôtesse, Katherine prit la tasse entre ses mains et huma avec délice les arômes mélangés de cannelle, de vanille et de cardamome. Elle attendit quelques minutes que sa boisson refroidisse un peu avant de la boire. Le thé était parfaitement infusé, épais et savoureux. La consistance des muffins était moelleuse à souhait. Enfin détendue, elle but et mangea très lentement et, pour tuer le temps, contrairement à ses habitudes, elle engagea la conversation avec d'autres passagers. Le temps passa ainsi plus vite qu'elle ne l'avait prévu. Katherine fut donc étonnée quand elle sentit le train ralentir et entendit le conducteur annoncer « Stratford-Upon-Avon » avant d'ajouter jovialement, « et n'oubliez pas : "Ce que nous appelons une rose embaumerait autant sous un autre nom." »

La citation de Roméo et Juliette fit esquisser un sourire aux passagers, sauf à Katherine, que son anxiété avait ressaisie. Fébrilement, elle prit son sac et descendit. Sur le quai, des personnes attendaient leur famille ou étaient déjà réunis avec elle. Il y eut des étreintes, des baisers bruyants et des « comment vas-tu ? » interminables. Excités, les enfants riaient ; des cadeaux et des sacs glissaient ou tombaient de mains, impatientes de toucher, de tapoter ou caresser des êtres chers. Katherine regarda autour d'elle mais ne vit personne ayant l'air de l'attendre. Après un certain temps, la foule commença à se disperser et Katherine, ainsi qu'un autre homme, qui se tenait près d'elle, restèrent seuls sur le quai. Alors qu'elle commençait à craindre que personne ne viendrait la chercher, que Marylin était devenue complètement folle et qu'elle lui avait joué un tour cynique et cruel, elle aperçut deux adolescents marchant vers elle.

Les battements de son cœur s'accélérèrent. Elle se mit également à marcher vers eux, mais presque aussitôt, les enfants s'arrêtèrent abruptement et se chuchotèrent des mots à l'oreille. Katherine en profita pour les observer et fut surprise. Même légèrement déçue. Elle ne s'attendait absolument pas à ce que sa nièce et son neveu aient cette apparence. Le garçon avait un visage mafflu et affichait un air indolent. La fille, au contraire, semblait peu commode, déterminée, fière et était très maigre. Katherine avait du mal à croire que ses adorables, dynamiques et joyeux nièce et neveu soient devenus les jeunes adolescents qui se tenaient devant elle. Néanmoins, malgré sa déception, Katherine se sentit émue, car ils avaient, indiscutablement, des traits similaires aux siens. Il était évident qu'ils appartenaient tous les trois à la même famille.

Les enfants commencèrent à se disputer et Katherine entendit le garçon déclarer : « Mais Mère a dit qu'ils seraient deux ! » Katherine comprit. L'homme qui s'était tenu à côté d'elle quelques instants plus tôt était parti. Elle leur fit signe de la main et leur dit : « Mathilda, Matthew ! Oui, c'est bien moi, c'est Tatie Katie. Je suis venue seule. » Triomphante, la fille dit à son frère : « Tu vois, je t'avais dit que c'était elle ! » Les enfants marchèrent vers leur tante. Quand ils furent tout près d'elle, Katherine posa son sac par terre et, prononçant leurs prénoms affectueusement, les prit dans ses bras. Leurs corps étaient tendus et se rétractèrent presque à son contact.

Elle les embrassa tous les deux sur les joues, vigoureusement, faisant apparaître ainsi, et enfin, un sourire sur leur visage. Mathilda dit à Katherine :

— Merci d'être venue, Tante Katherine. Désolée de ne pas vous avoir parlé en premier, mais Mère avait dit que vous seriez avec quelqu'un. Venez avec nous s'il vous plaît. Nous devons malheureusement marcher assez longtemps. Le manoir est à plus d'un kilomètre et Matthew marche lentement.

Mathilda parlait d'une façon étrange. Son élocution avait quelque chose de mécanique. Ceci déconcerta quelque peu Katherine qui répondit d'une voix hésitante que cela ne la dérangeait pas de marcher. Après avoir quitté la gare, ils cheminèrent en silence pendant un moment. Finalement, Matthew parla quand ils entrèrent dans Bancroft Gardens. Il paraissait totalement hypnotisé par les statues shakespeariennes et s'arrêtait à côté de chacune d'elles. Il les observa et les toucha, émettant de temps en temps un petit « oh » de surprise, et demanda à Katherine plusieurs fois si les êtres humains pouvaient vraiment faire de telles choses avec leurs mains. Son visage prit une expression incrédule, presque soupçonneuse, quand Katherine répéta plusieurs fois que c'était bien le cas. Elle remarqua que Matthew avait la même diction étrange, un peu mécanique, que sa sœur. Il eut l'air perplexe quand Katherine lui expliqua que les statues ne représentaient pas de vraies personnes mais des personnages. Il devint bientôt évident que Matthew n'avait jamais entendu parler de Shakespeare et cela rendit Katherine dubitative. Mathilda semblait trop gênée pour demander quoi que ce soit. Katherine ne pouvait pas dire si elle était gênée par l'ignorance de son frère ou parce qu'elle-même ne savait rien non plus. Ils firent une pause près de la statue de Lady Macbeth. Matthew et Mathilda échangèrent des regards troublés. Matthew commença à dire : « Ne ressemble-t-elle pas à... » mais avant qu'il ne puisse continuer, Mathilda lui asséna un petit coup de pied et lui ordonna de se taire. Il s'exécuta docilement et se remit à marcher.

Près de la statue de Falstaff, Mathilda demanda à Katherine si c'était uniquement à Stratford qu'il y avait tous ces engins bizarres et s'il n'y avait vraiment presque plus de voitures dans le Sud. Quand Katherine le lui confirma, Matthew soupira et dit, avec une expression comiquement lugubre sur le visage : « Mais cela doit être horriblement fatigant, n'est-ce pas, d'utiliser ses propres jambes pour se déplacer partout ? » Katherine ne put pas s'empêcher de rire quand elle vit son expression et répondit : « Pas si tu y es habitué. » Son rire les aida à se détendre et Matthew et Mathilda rirent aussi. Subitement, Katherine se sentit bien, heureuse même. Elle prit par la main son neveu et sa nièce, fredonna « Vive le Vent », et leur proposa, s'ils n'étaient pas pressés, de faire un bonhomme de neige.

Laissant échapper une étrange grimace d'embarras, Mathilda lui répondit qu'ils n'en avaient jamais fait mais ajouta rapidement qu'ils voulaient bien essayer. Matthew prit à nouveau un air comiquement lugubre. Il n'était visiblement pas du tout enthousiaste à l'idée de devoir se fatiguer à faire d'énormes boules de neige. Mais Mathilda le persuada et, vers la fin de leurs efforts communs, il sembla s'amuser un peu. Une fois que les trois parties du corps du bonhomme de neige furent empilées, il demanda même à choisir et à ajouter seul les branches représentant les bras. Le résultat fut un petit bonhomme de neige grassouillet, d'apparence aimable, et avec des bras de taille disproportionnée. Néanmoins, ils le regardèrent tous les trois avec satisfaction pendant quelques secondes avant de se remettre en route. Peu avant leur arrivée au manoir, Matthew dit à Katherine quelque chose qui la surprit. Il lui dit que quand elle chantait, c'était très différent du chant de sa stéréo IA dernier cri.

Avant qu'elle puisse lui demander si elle devait prendre ceci comme un compliment, la porte d'entrée de la majestueuse demeure devant laquelle ils venaient d'arriver, s'ouvrit, et une grande silhouette carrée apparut dans son embrasure.

CHAPITRE IX

À la vue de cet imposant individu, Katherine eut immédiatement envie de faire demi-tour. Cette silhouette de lanceur de poids n'avait rien d'accueillant. Alors qu'ils approchaient de la porte, Katherine remarqua que la personne qui les attendait, tel un parent mécontent de ses enfants, gardait ses mains sur ses hanches. Cette posture peu avenante augmenta son envie de partir. Mais bien sûr, elle ne pouvait pas s'en aller et continua d'avancer avec Matthew et Mathilda. La neige crissait sous leurs pas, produisant un son qui ne semblait augurer rien de bon à Katherine.

Ils arrivèrent devant la porte et là, à la surprise de Katherine, la large silhouette s'avéra être celle d'une dame âgée et à l'air très sympathique. Elle sourit à Katherine, se présenta très succinctement sous le diminutif de « Nounou D » puis l'invita à entrer dans le vestibule avec les enfants. Katherine la fixa du regard. Elle avait la vague impression de l'avoir déjà vue quelque part, il y a très longtemps, mais elle ne pouvait pas se souvenir où. Le teint de Nounou D était curieusement pâteux et ses cheveux avaient l'air trop parfaits pour être naturels. Katherine soupçonna immédiatement qu'elle portait une perruque.

Nounou D prit leurs manteaux, leurs gants et leurs bonnets. Elle les arrangea aussi soigneusement que prestement sur le portemanteau et sur les étagères du vestibule. Ensuite, elle les pria de l'excuser et sortit du vestibule. Contrairement à Katherine, Matthew et Mathilda semblaient parfaitement habitués à ce qu'une personne range leurs affaires pour eux, et à l'aise avec cet état des choses.

Les enfants s'assirent avec leur tante sur une petite banquette en bois et ils enlevèrent leurs chaussures. Puis, ils enfilèrent des chaussons confortables et chauds, et allèrent au salon. C'était une pièce très spacieuse. Dans une grande cheminée en marbre, couronnée par un élégant fronton et ornée de deux sculptures de chérubins jouant de la trompette, brûlait un grand feu. Au pied d'un large escalier, un gigantesque sapin de Noël semblait présider la pièce. Celle-ci était faiblement éclairée mais, néanmoins, Katherine put remarquer que presque tous ses recoins avaient été décorés. De nombreux pots de roses de Noël très blanches et de poinsettias extra-ordinairement rouges et veloutées, étaient disséminés dans le salon. Des guirlandes pendaient au plafond et étaient enroulées autour des rampes de l'escalier.

À peine furent-ils entrés dans le salon que Nounou D, sourire aux lèvres, les rejoignit, portant vaillamment un énorme plateau, sur lequel étaient posés une théière avec des motifs de rennes, quatre tasses assorties, et un présentoir à gâteau à trois étages, plein de petits biscuits. Elle mit le plateau sur une petite table basse et invita Katherine et les enfants à s'asseoir et à se servir. Cette fois-ci, quand Nounou D parla, quelque chose frappa Katherine. La diction de Nounou D était similaire à celle de Mathilda et de Matthew. Elle avait le même rythme saccadé, mais bien plus accentué, et parfois, vraiment staccato. Discrètement, Katherine observa Nounou D. Elle remarqua que sa démarche était également inhabituelle. On aurait pu dire qu'elle marchait aussi « staccato ». Ses mouvements manquaient de fluidité. Katherine s'apprêtait à lui poser une question quand elle entendit quelqu'un tousser brièvement mais violemment, presque à s'en cracher les poumons.

Elle leva les yeux et vit sa sœur en haut de l'escalier. Droite comme un piquet, le menton relevé, Marylin avait une main posée sur la rampe de l'escalier, et elle tenait l'autre en l'air, gracieusement, comme une ballerine. Ses cheveux blond sable, coupés au carré façon Cléopâtre, encadraient son visage en forme de diamant d'une manière époustouflante. Elle portait une robe en velours vert foncé, moulante et élégante. Sa robe avait un col roulé et était coupée juste en dessous du genou. Un long collier de perles noires était attaché autour de son cou. Marylin avait l'air aussi belle, hautaine et pleine d'assurance que jamais. Alors que sa sœur descendait l'escalier, Katherine, contrairement à ce qu'elle avait imaginé, ne fut pas submergée d'émotions. Elle se disait seulement : « Je dois être forte ; je dois être forte quand elle me demandera où est Henry, et ne pas éclater en sanglots. »

Mathilda et Matthew rejoignirent leur mère et lui parlèrent de toutes les nouvelles choses qu'ils avaient vues dans les rues, des Mondiens du Sud qui se déplaçaient partout sans voitures et des statues de Shakespeare. Matthew mentionna que sa mère ressemblait à une des statues. Quand Marylin lui demanda laquelle, il lui répondit qu'elle devrait le demander à Katherine, car il ne se souvenait pas du nom. L'air pensif, Marylin fixa un instant ses yeux bleu acier sur son fils puis déclara d'un ton brusque, « Je vais donc l'interroger sur ce point », et elle se dirigea vers Katherine. Celle-ci se leva immédiatement. Les deux sœurs se tinrent debout pendant un moment, se regardant en chiens de faïence.

Katherine savait que Marylin était en train de l'examiner, de compter ses rides, d'évaluer son poids, et était probablement surprise, et peut-être même déçue, qu'elle n'ait pas encore de cheveux gris. De son côté, Katherine se préparait simplement à l'inévitable question. Finalement, Marylin tendit une main, sèchement, vers Katherine. Celle-ci la serra rapidement. Marylin regarda sa sœur droit dans les yeux et la remercia de s'être déplacée pour être avec eux, mais elle ne lui parla pas de la statue. Au lieu de cela, elle lui demanda, comme Katherine l'avait pressenti, pourquoi Henry n'était pas là. Elle lui posa la question d'une manière singulière, comme si elle avait déjà compris la raison de son absence.

Katherine répondit d'une voix sourde afin que les enfants ne puissent entendre sa réponse :

— Mort. Il y a des années. Après une attaque de drones.

Marylin la regarda d'un air contrarié et murmura :

— Mes condoléances.

Puis, elle s'approcha de Nounou D et lui demanda de servir le dîner. Matthew, Mathilda, Marylin et Katherine se dirigèrent vers la longue et ovale table à manger qui se trouvait au milieu du salon. Elle était recouverte d'une nappe dorée, sur laquelle étaient disséminés des paillettes argentées et du houx. Un énorme chandelier en laiton avait été placé exactement au milieu de la table. Une fois qu'ils furent tous assis, Nounou D commença à apporter les plats. Ce fut un dîner très étrange. Tous les plats paraissaient appétissants, mais étaient presque sans saveur. Katherine put reconnaître vaguement le goût d'une carotte ou d'un panais ici ou là. La dinde avait une consistance pâteuse. Marylin fut silencieuse pendant presque tout le dîner, excepté quand elle donna des instructions à Nounou D ou parler à ses enfants.

Matthew et Mathilda furent, contrairement à leur mère et heureusement pour Katherine, très bavards. Avec eux, la glace avait définitivement été rompue. Il semblait que leur curiosité était infinie. Katherine aurait probablement pu répondre à leurs questions toute la nuit. Elle aussi était curieuse concernant le Monde du Nord, mais quand elle posait la moindre question, les enfants étaient très évasifs et regardaient leur mère nerveusement. Katherine ne put pas en être certaine, mais il lui sembla bien que sa sœur, subrepticement, hochait la tête soit en signe d'approbation soit en signe de désapprobation, afin de faire savoir à ses enfants avec quel degré de précision ils étaient autorisés à répondre.

Rapidement, Katherine se contenta donc de répondre aux questions avec lesquelles ils la bombardèrent à propos de l'absence de monnaies électroniques et d'écoles étatiques, à propos des forêts-jardins, des académies locales, du système de tutorat individualisé, du système de troc et de bien d'autres facettes encore de l'organisation civilisationnelle du Sud. Parfois, les enfants semblaient si incrédules qu'elle devait jurer que tout ceci était vrai. Bien sûr, Katherine ne pipa pas un mot concernant l'organisation de la défense du territoire.

Enfin, il fut l'heure pour Matthew et Mathilda d'aller dormir. Ils embrassèrent affectueusement leur mère, mais aussi leur tante (ce qui surprit Katherine autant que cela la toucha), puis ils montèrent dans leur chambre. Marylin demanda à Nounou D de leur préparer une infusion et invita Katherine à s'asseoir avec elle près de la cheminée. Elles restèrent assises en silence jusqu'à ce que Nounou D revienne avec la théière et finisse de remplir leurs tasses. Une fois qu'elles furent seules, Marylin s'éclaircit la voix et entama ce qui était, visiblement, un discours bien préparé et bien réfléchi :

— Je ne vais pas essayer de faire amende honorable, non seulement car cela ne servirait à rien — trop de mal a été fait — mais aussi parce que je ne suis pas sûre d'en avoir envie. Je suis consciente que tu vas probablement avoir des pensées et des jugements tels que, « dommage que son ghetto de Très Habilités ne lui convienne plus », « bien fait pour elle », ou « elle a choisi son camp à l'époque, maintenant elle doit en payer le prix ». En toute honnêteté, et au risque de te choquer, la vie m'y est toujours agréable, malgré toute la dureté objective du Monde du Nord, que je t'accorde. Cependant, je n'arrive pas à imaginer une vie sans serviteurs. Je crois que je ne sais même plus comment préparer une tasse de thé.

Marylin rit de sa dernière phrase, comme si elle avait dit quelque chose de particulièrement spirituel. Katherine ne réagit pas et eut l'air simplement désolé pour sa sœur. Marylin continua :

— Mais j'en suis venue à la conclusion que, à long terme, ou peut-être à moyen terme maintenant, la façon dont le Monde du Nord est organisé n'est pas viable. Même pour les individus les plus puissants de notre communauté. Tout va se finir comme dans Ravage de Barjavel. C'est inévitable. Enfin, peu importe, tout est trop tard pour moi, et ton souhait va être exaucé, je vais payer le prix, tout le prix, parce que je compte rester dans le Monde du Nord jusqu'à son effondrement. Et même si je pouvais partir, ce que je répète, je ne veux pas, cela me serait impossible. Mais je ne peux pas accepter que mes enfants paient le prix de mes décisions. C'est pour cela que je t'ai demandé de venir. Et je... t'implore d'accepter ma requête, qui est de...

Marylin fut prise d'une violente quinte de toux. Katherine s'approcha d'elle mais Marylin tendit un bras et fit un signe de la main, lui indiquant de rester assise.

Une fois qu'elle eut repris sa respiration, elle regarda Katherine gravement et lui dit, fermement, presque péremptoirement :

— Prends-les avec toi dans le Monde du Sud. Adopte-les.

CHAPITRE X

Sans voix, les yeux écarquillés, Katherine ne répondit pas. Marylin la regarda avec intensité et répéta :

— Tu dois les adopter. C'est pour eux la seule façon d'intégrer le Monde du Sud. J'ai essayé de corrompre, de soudoyer toutes les personnes possibles, de trouver une autre solution. Mais je n'ai pas pu. C'est vraiment le seul moyen pour eux de s'échapper.

— Je ne sais pas quoi te dire. Ta demande est... Tout ceci est... Ceci est totalement inattendu... Et Edward dans tout ça ? N'a-t-il pas son mot à dire ?

Marylin détourna son regard de celui de sa sœur et déclara aussi rapidement que froidement :

— Il a une autre famille maintenant. Il m'a quittée, il y a des années, pour une... version plus jeune de moi-même. On ne l'intéresse plus.

Katherine leva les yeux au ciel et rétorqua d'un ton agacé :

— Te rends-tu compte de ce que tu me demandes ? De la responsabilité que cela représente ? Et, cela ne t'importe-t-il pas de ne jamais les revoir ? Je ne sais pas comment tu as réussi à venir cette fois-ci et je ne vais pas te le demander, mais cela n'arrivera probablement plus.

— Écoute-moi bien, répliqua Marylin d'une voix dure, je n'ai pas l'intention de te supplier. J'espérais que tu allais accepter immédiatement de les prendre avec toi, sans tergiverser.

Marylin prit une longue inspiration puis expira très lentement. Elle semblait se préparer mentalement à ce qu'elle s'apprêtait à dire. Elle continua :

— Je ne voudrais pas que tu acceptes par pitié pour moi. Cependant, maintenant, étant donné ta réaction, je dois te confier quelque chose que tu dois me promettre de ne jamais partager avec Matthew et Mathilda. Jamais.

Katherine regarda Marylin avec appréhension et lui répondit par un signe de tête affirmatif. Marylin poursuivit :

— Dans le Monde du Nord, il est absolument interdit de parler de ce que je vais te dire. Sauf à son docteur IA. Cette interdiction est ridicule, car tout cela est quasiment un secret de polichinelle maintenant, du moins chez les adultes. Tout devient de plus en plus incohérent là-bas. Enfin... Tu vas être horrifiée et tu vas comprendre pourquoi je pense que le Nord ne peut que se détruire à long terme et pourquoi je veux que tu prennes Matthew et Mathilda avec toi.

Marylin s'interrompit pendant quelques secondes puis déclara d'une voix amère :

— Je suis atteinte de lépéritis.

Katherine ouvrit grand les yeux et son corps entier recula de dégoût. Elle n'avait pas vu de cas de lépéritis depuis des années et frissonna au souvenir du dernier patient atteint de cette maladie qu'elle avait tenté, sans succès, de soulager. Cela avait été trois ans après la fin du Régime de l'Habilitation. Elle regretta son mouvement immédiatement et s'excusa. Marylin secoua la tête et dit :

— Tu n'as pas à te sentir mal à l'aise à cause de ta réaction. Je sais que pour les Mondiens du Sud, cela doit apparaître aussi horrible qu'incroyable ces jours-ci. Mais dans le Nord, il s'agit de la cause principale de décès. Il semble que tout le monde va en mourir ou en souffrir un jour. Et tu sais les souffrances que cette maladie provoque. Les dirigeants prétendent encore qu'il n'y a pas de quoi s'inquiéter parce que nous avons la science, qui, tu t'en souviendras, est notre religion officieuse. Le raisonnement Nord Mondien, est que, oui, nous savons que notre mode de vie et nos technologies peuvent causer cette maladie horrible — et bien d'autres encore — mais la médecine du futur pourra arranger ça, plus ou moins, un jour, donc il est acceptable, raisonnable, de ne pas s'attaquer aux causes, puisque des traitements plus efficaces vont forcément être développés. « La recherche ne nous fera pas défaut », c'est leur devise. Bien sûr, ils oblitèrent le fait que les traitements soient coûteux et douloureux, et ne représentent qu'un sursis pour le patient. Ils oblitèrent également les pertes en termes de qualité de vie et le désespoir que l'on ressent une fois que le diagnostic d'une lépéritis tombe sur sa propre petite personne. Se savoir atteint de cette maladie est comme avoir plusieurs épées de Damoclès au-dessus de la tête.

Le visage de Katherine exprimait une incrédulité totale. Elle peinait à croire que, malgré toute sa technologie de pointe, omniprésente dans tous les aspects de l'existence, le Monde du Nord n'ait pas réussi à éradiquer cette horrible maladie, alors que le Sud y était parvenu, avec le style de vie quasi Amish que ses habitants avaient adopté, sauf pour l'organisation de la défense de leur territoire. Marylin continua :

— Je sais ce que tu penses. Que je mens peut-être. Qu'il est impossible qu'avec tous nos gadgets et nos robots, nous n'ayons pas réussi à faire aussi bien que vous dans ce domaine. Eh bien, je t'en prie, tu peux te vanter et tes compatriotes aussi. Oui, toi et les autres résistants, vous aviez raison. Et nous avions tort et nous avons toujours tort. Au lieu d'investir des fonds et une énergie immenses dans notre religion de science et de recherche, nous aurions dû faire comme vous, aller à la racine du problème et essayer de créer un environnement sain autour de nous. Mais évidemment, nous ne le pouvons pas. Si nous le faisions, ce serait la fin de notre modèle de civilisation et de notre organisation sociale, puisque tous nos modèles commerciaux et nos sources de richesses sont précisément la racine de ce problème, et de bien d'autres. Notre système est voué à la destruction mais celle-ci prendra encore du temps. Trop de gens bénéficient encore de notre système, d'une façon artificielle bien sûr, ou plus exactement, il n'y a pas assez de gens qui en souffrent pour le mettre en péril aujourd'hui. Ou, pour être encore plus précise, il n'y a pas assez de gens qui *réalisent* qu'ils en souffrent, puisque la rustine de la médecine et d'autres thérapies jouent encore leur rôle d'anesthésiants, en faisant croire aux Mondiens du Nord qu'il y a ou qu'il y aura une solution à leurs problèmes, qui ne nécessitera pas qu'ils changent la façon dont ils vivent. Mais j'ai compris ce qui se passe et je ne veux pas que mes enfants souffrent comme moi.

Comme quiconque dans le Nord, il est probable qu'ils développeront une forme de lépéritis une fois qu'ils auront atteint l'âge adulte.

Marylin se tut et Katherine resta silencieuse un moment, réfléchissant à ce que sa sœur venait de dire. Puis elle demanda doucement :

— Leur as-tu parlé de ton... idée les concernant ?

— Comment le puis-je, comment le pourrais-je, avant d'avoir ta parole que tu vas les adopter ?

— Mais sais-tu au moins s'ils voudraient vivre dans le Sud, et, vivre avec moi ? La vie là-bas sera très différente de celle qu'ils ont menée jusqu'ici dans le Nord.

Marylin détourna son regard de celui de sa sœur pendant quelques instants puis répondit :

— Je n'ai aucun doute qu'ils seront heureux de quitter le Nord parce qu'ils rêvent de sécurité avant tout.

— Que veux-tu dire ? s'exclama Katherine avec inquiétude.

Marylin détourna à nouveau son regard. Quand elle se remit à parler, Katherine crut percevoir une sorte de tremolo involontaire dans la voix de sa sœur.

— Eh bien, il y a quelque chose que je ne t'ai pas encore dit à propos du Nord. Les maladies et la pollution ne sont pas les seuls problèmes. Il y a un autre genre... de... enfin, un autre genre d'épidémie, pourrait-on dire. Une épidémie sociale, pas une épidémie médicale. Matthew et Mathilda ont été...

Marylin s'interrompit et agrippa violemment les accoudoirs de son fauteuil avant de poursuivre :

— Ils ont été kidnappés. Déjà deux fois.

Katherine était effarée. Marylin reprit :

— J'ai bien sûr payé la rançon. Mais je sais, et ils savent, que cela va forcément se reproduire. Mathilda semble s'en être remise mais Matthew n'est pas vraiment le même depuis... la... dernière fois. Il a pris beaucoup de poids et a perdu énormément de sa confiance en lui et de son énergie d'avant.

— Je suis horrifiée par ce que tu m'apprends... mais je ne sais toujours pas quoi te répondre. Il s'agit d'une énorme responsabilité, plus qu'une responsabilité. Que va-t-il se passer s'ils... si je... si tu...

Marylin interrompit sa sœur sèchement :

— Je t'en prie. Ne cherche pas d'excuses. Si tu ne veux pas prendre soin d'eux, si tu n'es pas prête à les aimer, dis-le-moi simplement. Il ne s'agit pas d'une décision que j'ai prise à la légère. J'ai bien pesé le pour et le contre. Crois-moi. Me séparer d'eux signifie que je vais terminer ma vie sans aucun être aimé auprès de moi. Mais néanmoins, je suis prête à le faire. Je suis prête à ne pas être... égoïste pour une fois dans ma vie. Si tu hésites à cause de l'argent, j'en ai beaucoup, je peux transférer des millions sur ton compte.

Katherine secoua la tête et répondit avec une pointe de sarcasme dans la voix :

— Ceci ne sera pas utile. Comme je l'ai déjà expliqué aux enfants ce soir, l'argent électronique n'existe plus dans le Sud. Trop polluant et trop dangereux socialement. Ce n'est pas l'argent le problème. Je peux, tout le monde peut vivre confortablement grâce à son métier dans le Sud. Il n'y a plus de travailleurs pauvres.

Marylin s'apprêtait à lui répondre quand son visage se figea. Elle s'agrippa à nouveau aux accoudoirs de son fauteuil. L'ombre d'une douleur atroce passa sur son visage. Katherine frissonna et ajouta avec hésitation :

— Tu comprends que je ne peux pas te donner de réponse immédiatement. Je dois réfléchir.

Marylin respirait maintenant avec difficulté. Elle opina mollement du chef et dit à sa sœur :

— Si tu veux bien m'excuser, je dois aller dans ma chambre.

Marylin se leva avec peine. Katherine se leva également de son fauteuil pour offrir son bras à sa sœur, mais Marylin refusa son aide. D'une voix entrecoupée et avec une étrange grimace sur le visage, elle expliqua à Katherine, qui était visiblement interloquée par la réaction de sa sœur :

— Ne le prends pas personnellement. Je me suis... jurée de n'accepter de l'aide qu'à partir du moment où il me sera absolument... impossible de faire autrement. Et cela arrivera bien assez vite.

Katherine regarda sa sœur traverser le salon et monter l'escalier infiniment lentement. Il était évident qu'elle souffrait à chaque pas.

Une fois qu'elle fut sortie, Katherine fixa le feu du regard pendant un long moment. La pièce était silencieuse. Alors qu'elle était perdue dans ses pensées, des bruits de pas la firent sursauter. C'était Nounou D qui venait d'entrer afin d'ajouter des bûches dans le feu. Katherine lui dit à voix basse, doucement :

— Ah, c'est vous Nounou D. Je pensais que vous dormiez. Il est tard. Vous devriez vous reposer.

— Mais, Madame, nous, les domestiques, nous ne, dormons, ni ne nous reposons jamais, répondit Nounou D, encore plus staccato que d'habitude, et d'un ton on ne peut plus sérieux.

Cette réponse amusa Katherine autant qu'elle la surprit, et elle lui répliqua en souriant :

— Ne pensez-vous pas que vous exagérez un peu, que vous faites preuve d'un peu trop de dévouement ?

Nounou D la regarda avec un air d'incompréhension totale. Soudainement, Katherine se souvint où elle avait vu Nounou D auparavant. Cela avait été dans un vieux film, quand elle était adolescente. Nounou D était la copie exacte du personnage de Madame Doubtfire. Un pressentiment très désagréable assaillit Katherine ; elle regarda avec appréhension la gouvernante puis lui demanda :

— Dites-moi, Nounou D, quel âge avez-vous ?

— Le même, âge, que d'habitude, Madame. Soixante-cinq ans.

Katherine se leva et saisit le poignet de Nounou D. Elle ne sentit aucun pouls. Sa chair était comme de la gomme, et froide. Katherine comprit que son pressentiment s'avérait juste. Nounou D était un robot. Sans exprimer la moindre surprise par rapport au geste incongru de Katherine, Nounou D lui demanda poliment :

— Mon poignet peut-il, vous être utile, Madame ?

Katherine lâcha son poignet et se laissa choir dans son fauteuil, l'air abattu. Elle resta silencieuse pendant un moment avant de répondre d'une voix hésitante :

— Euh, non. Votre poignet... ne... peut pas... m'être utile. Je vais rester ici et profiter de la chaleur du feu.

— Merci. Alors, je vais partir, et aller me recharger, pendant une heure, et vingt-huit minutes. N'hésitez, pas à, appuyer sur ce bouton si vous avez besoin de moi d'ici là. Je viendrai immédiatement, bien sûr. Bonne nuit.

Troublée par ce qu'elle venait de découvrir, Katherine, avec une expression inquiète sur le visage, regarda le robot sortir du salon. « C'est donc vrai », se dit-elle, « les Mondiens du Nord ont vraiment réussi à fabriquer de telles créatures. » Elle frissonna à l'idée qu'un jour, sans doute, ils réussiraient à les faire marcher et parler aussi fluidement que des humains, et peut-être même à leur donner la même chaleur corporelle.

Puis, elle se remit à penser à la demande de Marylin. Elle se sentait à la fois ébranlée et pleine de ressentiment, du fait d'avoir été mise dans une impasse Kierkegaardienne à la « Ou bien, ou bien » par sa sœur. Elle savait déjà qu'elle regretterait d'accepter autant qu'elle regretterait de ne pas accepter, pour une liste de raisons tout aussi longue.

Si elle n'acceptait pas, elle se sentirait probablement coupable pour le reste de sa vie, et serait constamment inquiète concernant la santé et la sécurité de Matthew et Mathilda. Si elle acceptait, ses voisins et ses connaissances lui poseraient forcément des questions. Elle devrait mentir et inventer de lointains cousins décédés pour jouer le rôle des parents de Mathilda et de Matthew, mais les autres citoyens ne seraient pas longtemps dupes. Ils comprendraient que leurs parents n'avaient pas soutenu la résistance contre le Régime de l'Habilitation. Ils pourraient devenir méfiants ou être effrayés, même si, ou justement car, Matthew et Mathilde étaient de sa famille. Ils se comporteraient froidement envers elle, et envers eux, et elle pourrait avoir de sérieux problèmes.

Et même si elle mettait toutes ces raisons de côté, elle n'avait aucune idée de la façon dont Matthew et Mathilda s'adapteraient au Monde du Sud. Après avoir vécu pendant tant d'années avec des robots faisant toutes les corvées pour eux, ils seraient peut-être incapables de supporter d'avoir à accomplir la moindre tâche.

De plus, elle était inquiète car elle n'avait jamais pris soin d'enfants au quotidien. Qui savait si elle arriverait à se débrouiller avec eux, à prendre suffisamment bien soin d'eux ? Si elle réussirait à leur donner l'amour dont ils avaient besoin ? Et que se passerait-il s'ils ne s'entendaient pas bien tous les trois ? Ou si elle s'attachait à eux mais qu'ils décident de retourner au Nord, qu'ils décident de la quitter ? Toutes ces pensées tournoyèrent dans son esprit, jusqu'à ce que, épuisée mentalement, elle s'endormisse en face de l'âtre, où les flammes, elles infatigables, virevoltaient inlassablement.

CHAPITRE XI

Le lendemain matin, Katherine fut réveillée tôt par des bruits provenant de la cuisine, où Nounou D était déjà en pleine activité.

« De toute évidence, elle a vraiment eu le temps de recharger ses "batteries", contrairement à moi », pensa Katherine avec autant d'envie que d'ironie. Son cou et son dos lui faisaient mal ; elle se sentait vaseuse et d'humeur bougonne. Mais au moins elle avait bien chaud. Le feu avait été entretenu toute la nuit. Nounou D avait consciencieusement ajouté bûche après bûche.

En voyant la table impeccablement mise et la théière fumante, Katherine ne put pas s'empêcher de penser que la possession de robots, malgré ses aspects dangereux et sinistres, avait ses avantages. Elle savait que ce type de pensées était périlleux mais devait admettre qu'il était difficile de ne pas les avoir, puisqu'être servi avait toujours été et serait toujours, chose agréable.

Elle alla dans la salle de bain pour prendre une douche puis mit des habits propres. Quand elle revint, Nounou D avait tiré les rideaux et le salon était éclairé par la lumière du jour.

Katherine fut déconcertée car elle s'aperçut que les décorations du salon étaient en fait terriblement tape-à-l'œil et artificiellement jolies. La veille, avec le faible éclairage, elles lui avaient semblé raffinées. Mais tout cela n'avait été qu'une illusion. Aucune d'elles n'était fabriquée avec des matériaux naturels ou nobles. Le chandelier n'était pas en laiton, et même le sapin, les roses de Noël et les poinsettias n'étaient qu'en plastique.

Déconcertée, Katherine s'assit pour prendre le petit déjeuner et mangea machinalement, sans appétit. Vers neuf heures, elle entendit des bruits de voix et le parquet craquer et grincer au-dessus de sa tête. Les enfants et Marylin étaient en train de se lever. Elle était mal à l'aise à l'idée de les voir, autant à cause de tout ce qu'elle avait appris, que de la demande de Marylin. Soudainement, elle fut saisie par un sentiment d'imposture et pensa : « Qu'est-ce que je fais ici ? Tout cela est complètement fou. Nous n'avons presque rien partagé ensemble. Juste quelques moments quand ils étaient tout petits. Ce n'est pas ma famille. Une famille, une vraie, ça se construit, ce n'est pas quelque chose qui nous tombe dessus seulement à cause du sang et de la génétique. Même si je les adopte, ils ne deviendront jamais mes enfants. On ne rattrape pas le temps perdu. Si, au moins, ils étaient encore tout petits, mais ce sont des adolescents maintenant. Oui, tout cela est ridicule. Cela me mettrait simplement dans une situation impossible. Et Dieu seul sait ce qui pourrait arriver. Ils ont l'air gentil mais... que vais-je faire s'ils deviennent incontrôlables ? S'ils essaient de réintroduire les principes du Régime de l'Habilitation ? »

Cette dernière pensée rendit Katherine extrêmement nerveuse. Elle entendit encore du bruit en haut. Marylin et les enfants allaient sûrement bientôt descendre. Paniquée, elle regarda autour d'elle, ses yeux cherchant un endroit où se cacher ; il n'y avait nulle part. Son instinct lui ordonnait de partir. Elle se précipita vers le vestibule, où elle enfila rapidement son manteau et ses chaussures. Au moment où les premiers pas se firent entendre dans l'escalier, elle sortit du manoir.

Marylin fut la première à arriver dans le salon. Elle regarda les couverts et l'assiette maculés sur la table et appela Nounou D. Celle-ci apparut immédiatement. Marylin lui demanda d'une voix dure :

— Avez-vous vu Katherine ?

— Eh bien, oui, elle était là, il y a, deux minutes, elle prenait son petit déjeuner.

— Allez frapper à sa porte et demandez-lui de me rejoindre.

— Immédiatement, Madame.

Nounou D partit, marchant comme toujours, staccato. Marylin s'assit à table, l'air tendu.

Nounou D revint rapidement et dit en secouant la tête que Katherine n'était pas dans sa chambre. Marylin se leva brusquement et fit tomber une tasse qui se brisa en petits morceaux, que Nounou D s'empressa d'aller ramasser, sans même en recevoir l'ordre. Marylin commença à respirer bruyamment et mit les mains sur sa tête, appuyant dessus fortement avec ses doigts, comme si elle voulait l'empêcher d'éclater, puis bredouilla des mots incompréhensibles. Soudainement, elle marcha aussi vite qu'elle le put vers la porte du vestibule. Celle-ci était entrouverte. Elle la poussa du pied et vit que le manteau et les chaussures de Katherine n'étaient pas là. Elle s'effondra sur la banquette en bois et fut prise d'une terrible quinte de toux.

Nounou D se précipita vers elle pour lui demander si elle avait besoin de quelque chose. Dès que sa toux cessa, Marylin, l'air furieux, insulta sa domestique :

— Je n'ai besoin de rien venant de vous, créature inutile et répugnante. Je savais bien que j'aurais dû acheter un autre modèle il y a des années déjà. Avec un meilleur système auditif. Vous êtes là seulement car les enfants sont attachés à vous. Comment n'avez-vous pas pu l'entendre partir ? Comment avez-vous pu ne rien remarquer ? Comment n'avez-vous pas pu comprendre qu'elle allait partir ? Je jure que je vais vous faire désactiver, vous mettre à la benne à robots, et vous remplacer par un modèle plus performant, quoi qu'en disent Mathilda et Matthew !

Avec un sourire figé, Nounou D écoutait patiemment la diatribe de sa propriétaire. Elle avait le même regard, vide d'expression, que celui de la veille, quand Katherine avait essayé, sans succès, de plaisanter avec elle à propos de sa dévotion extrême. Avec rage, Marylin attrapa une chaussure et la lança, sans force, sur Nounou D. Quelques secondes plus tard, Mathilda poussa la porte et entra. Instantanément, Marylin se raidit, et grâce à un effort mental extraordinaire, réussit à transformer la rage qui se peignait sur son visage en simple irritation. Interdite, Mathilda demanda :

— Mère, que se passe-t-il ?

— Oh, rien, ce n'est que Nounou D qui a cassé quelque chose, répondit Marylin entre ses dents, avant de mentir avec aplomb : elle a fait tomber une tasse. Je t'ai dit plusieurs fois que nous devrions la remplacer. Elle n'est vraiment plus assez performante.

— Mère, s'il vous plaît, je sais que c'est un vieux modèle mais il est si rare, et surtout, nous sommes tellement habitués à elle, lui objecta aussitôt Mathilda, d'une voix aussi cajoleuse que déterminée. Cela fait tellement longtemps qu'elle est avec nous. Et je ne me souviens pas qu'elle ait jamais cassé quoi que ce soit avec Matthew ou moi. Ce doit être un accident et ne se reproduira sûrement pas. Nous pourrions simplement changer ses circuits. Êtes-vous sûre que tout va bien ?

Adoucie, et d'une voix pleine de tendresse, sa mère lui dit en soupirant :

— D'accord, mon ange, ma chérie, nous allons la garder encore un peu. Oui, je vais bien, j'ai seulement mal dormi hier.

— Où est Tante Katherine ? s'enquit Mathilda.

— Oh, elle vient de sortir pour faire quelques courses de dernière minute en ville, lui répondit Marylin d'un ton qui se voulait détaché.

Visiblement déçue, Mathilda continua :

— Oh... A-t-elle précisé quand elle reviendrait ? Hier, elle a mentionné que nous pourrions façonner d'autres personnages avec de la neige ce matin.

S'efforçant à nouveau de parler d'un ton détaché, Marylin lui répondit :

— Eh bien, tu vas devoir attendre pour ça. Viens, allons prendre le petit déjeuner.

Mère et fille marchèrent ensemble jusqu'à la table, où la tasse brisée avait déjà été remplacée, et près de laquelle Nounou D, l'air digne, attendait, prête à les servir.

CHAPITRE XII

Après avoir quitté le manoir, Katherine courut jusqu'à la gare. Elle ne s'arrêta pas une seule fois, et regarda derrière elle anxieusement à plusieurs reprises afin de s'assurer qu'elle n'était pas suivie.

Katherine avait peur car tout lui avait semblé, soudainement, n'être qu'un piège : l'invitation pour Noël, le dîner, la requête. Malgré la sincérité qu'elle pensait avoir décelée dans les yeux de sa sœur, elle ne pouvait être sûre que tout cela ne fût pas qu'une mascarade sournoise. Peut-être que même les enfants étaient complices...

Katherine arriva à la gare à temps pour prendre le train pour Londres. Cette fois, elle n'alla pas dans le wagon-restaurant. Elle s'assit dans la première voiture et, le regard vide, fixa alternativement ses chaussures et les fenêtres, pendant tout le voyage. Quand le train approcha de Londres, elle se leva et marcha vers la sortie du train. Sur un siège côté couloir, elle remarqua un dépliant coloré sur lequel elle lut :

Concert Exceptionnel
Suivi d'une collation
Pour célébrer la veille de Noël
À l'Université du Strand
À Midi
Dans la Chapelle Rouge et Or

Katherine prit le dépliant et regarda sa montre. Elle pouvait arriver à l'heure pour le concert et décida d'y assister, puisqu'elle n'avait aucune envie de se retrouver seule dans son grand appartement vide.

À la gare de Marylebone, Katherine prit un bus pour le Strand. Elle descendit près d'Aldwych, marcha jusqu'à l'université, et une fois dans le bâtiment, se hâta vers un des ascenseurs. Les portes coulissantes s'ouvrirent dès qu'elle appuya sur le bouton d'appel de l'ascenseur, et elle y monta. À la grande surprise de Katherine, un papillon d'hiver rouge doré était entré avec elle dans l'ascenseur. C'était la première fois qu'elle voyait cette espèce de papillons d'hiver. Elle savait que grâce aux forêts-jardins urbaines, ce nouveau spécimen était apparu récemment, mais elle ne s'attendait pas à en voir dans cette partie de la ville, qui était à plus d'un kilomètre de la forêt-jardin la plus proche.

Tout en admirant le somptueux papillon, elle appuya sur le bouton du troisième étage, mais les portes coulissantes ne se fermèrent pas. Le papillon tournoyait juste au-dessus de sa tête pendant qu'elle appuyait obstinément sur le bouton. Les portes ne se fermaient toujours pas. Irritée, elle sortit de l'ascenseur pour aller dans celui d'à côté.

Le papillon sortit avec Katherine et soudainement il ne tournoya plus juste au-dessus de sa tête mais environ un mètre au-dessus. Puis, à sa grande surprise, elle remarqua que tout semblait grand autour d'elle. Quand elle regarda ses pieds, elle vit qu'ils avaient rétréci. Elle regarda ses mains : ses doigts étaient devenus courts et dodus. Ses vêtements aussi étaient différents. Au lieu des habits qu'elle avait mis le matin, elle portait maintenant la robe dont elle était vêtue sur la vieille photo d'enfance d'elle et de Marylin. Puis, tout, autour d'elle, changea progressivement. L'entrée de l'université se transforma en un long couloir que Katherine se mit à longer, guidée par le papillon rouge doré. Les murs du couloir étaient recouverts avec des photos de toutes les personnes et de tous les lieux importants de la première décennie de sa vie et elle entendait les sons, les musiques et les voix qui avaient accompagné ces années-là de son existence. Elle vit l'appartement de ses parents puis la maison dans laquelle ils avaient emménagé. Elle reconnut ses professeurs et ses camarades de classe. Et Marylin apparaissait aussi, avec sa silhouette d'enfant puis d'adolescente. Oui, elle apparaissait sur de nombreuses images. L'air très souvent contrarié ou sévère, mais elle était là. Elle était là pour aider Katherine à s'habiller et à faire ses devoirs. Elle était encore là pour la déposer à l'école et pour aller la chercher après ses cours de ballet. Katherine ne se souvenait absolument pas que Marylin ait jamais fait tout cela pour elle. Peut-être avait-elle oublié. Cela la fit se sentir mal à l'aise. Oui, elle se dit qu'elle avait peut-être oublié que sa sœur avait été là pour elle, de nombreuses fois, durant leur enfance. Katherine marcha lentement, suivant le papillon rouge doré, le long de ce couloir de sa vie, jusqu'à ce qu'ils arrivent devant un autre ascenseur. Le papillon vola à l'intérieur de l'ascenseur. Katherine le suivit.

Les portes se fermèrent. L'ascenseur monta et s'arrêta au premier étage. Cette fois, quand elle sortit de l'ascenseur, Katherine comprit qu'elle allait traverser la deuxième décennie de sa vie. Et pendant qu'elle longeait ce nouveau couloir, tout aussi rempli d'images que le premier, elle vit, successivement, tous les moments mémorables et les individus importants de cette période de sa vie. Au bout du couloir, Katherine pénétra dans un autre ascenseur, avec le papillon rouge doré toujours à ses côtés.

L'ascenseur monta et s'arrêta rapidement, cette fois-ci au deuxième étage. Quand Katherine sortit de l'ascenseur, elle avait retrouvé sa taille adulte. Elle ne voulait pas voir la plupart des images de cette décennie de son existence et marcha les yeux baissés. Mais elle pouvait toujours entendre les bruits de ses années de sa vie. Elle entendit ses propres cris de désespoir, les gazouillis ténus de son frêle enfant et les paroles de soutien de ses amis après le décès de Henry. Le papillon sembla avoir pitié d'elle car il vola rapidement le long de ce couloir et la mena à un autre ascenseur. Elle y pénétra et atteint le troisième étage. Les murs de ce couloir étaient sans images. Il n'y avait aucun bruit. Il était vide. Le papillon volait lentement, comme s'il voulait insister sur le manque d'évènements et d'amour pendant cette décennie de sa vie. Ils arrivèrent au bout du couloir et entrèrent dans un autre ascenseur.

L'ascenseur s'arrêta au quatrième étage. Katherine venait d'avoir quarante ans et savait que les portes de l'ascenseur allaient cette fois s'ouvrir sur la décennie de sa vie qui était devant elle. Après deux longues minutes, qui parurent interminables à Katherine, les portes s'ouvrirent lentement : Matthew et Mathilda se tenaient debout devant l'ascenseur. Ils pleuraient et riaient alternativement et tendaient les bras vers Katherine. À chaque fois qu'elle essayait d'attraper leurs mains, Nounou D surgissait pour les séparer. Cette scène se répéta encore et encore, jusqu'à ce que, enfin, Katherine réussisse à attraper leurs mains et, de toutes ses forces, les attire à l'intérieur de l'ascenseur. Matthew et Mathilda se jetèrent à son cou. Leur étreinte fit naître un sentiment de bonheur indicible dans le cœur de Katherine.

Puis, brusquement, l'ascenseur descendit jusqu'au rez-de-chaussée et les portes s'ouvrirent une fois de plus. Katherine regarda autour d'elle dans l'ascenseur, stupéfaite. Pas de Matthew, pas de Mathilda, pas de papillon. Tout ce qui s'offrit à sa vue fut un gardien à l'air perplexe, qui se tenait debout devant l'ascenseur. Il s'adressa à Katherine :

— Excusez-moi Madame, mais puis-je vous demander la raison de votre présence ici ?

Katherine lui répondit d'une voix mal assurée :

— Je suis là pour le concert spécial de la veille de Noël, suivi d'une... colla...tion.

— Il n'y a pas de concert aujourd'hui, Madame, lui répliqua fermement le gardien.

— Mais je vous assure, expliqua timidement Katherine, j'ai lu qu'il y avait un concert aujourd'hui à midi, dans la chapelle. Regardez, continua-t-elle, tout en sortant de la poche de son manteau le dépliant qu'elle avait pris dans le train, voilà, ici, il est clairement écrit qu'il y a...

Katherine rougit jusqu'à la racine des cheveux et s'arrêta net : le dépliant ne faisait mention d'aucun concert. Il indiquait simplement des horaires de trains. Terriblement gênée, elle remit rapidement le dépliant dans sa poche. Les sourcils levés, le gardien l'observait. Il toussota, d'une manière un peu crâne, et déclara en articulant très lentement, comme si Katherine était dure d'oreille :

— Je vous assure, Madame, et je vous le répète : il n'y a pas de concert aujourd'hui. Le seul concert dont j'ai eu connaissance est celui qui a eu lieu il y a des semaines, le premier dimanche de l'Avent. Je regrette, mais le bâtiment doit être vide avant que je ne parte, donc, si vous voulez bien me suivre maintenant.

À court d'arguments, Katherine se résigna à sortir mais elle se retourna pour regarder une fois de plus à l'intérieur de l'ascenseur. Toujours pas de Matthew, ni de Mathilda, ni de papillon d'hiver rouge doré. Le gardien la regardait, l'air de plus en plus perplexe, et maintenant, légèrement impatient. Malgré tout, Katherine insista et lui demanda :

— Êtes-vous sûre que... N'avez-vous pas vu par hasard un papillon d'hiver rouge doré aujourd'hui, pendant votre ronde ?

— Cela m'aurait fait énormément plaisir, mais j'ai bien peur que nous ne soyons un peu trop loin d'une forêt-jardin pour en voir un. Vous avez dû confondre avec une autre espèce plus commune, ou... imaginer tout ça. Voulez-vous bien me suivre maintenant ?

Katherine le suivit docilement jusqu'à la sortie.

— Je vous souhaite un Joyeux Noël, Madame.

— Merci Monsieur, vous aussi, lui répondit Katherine, l'air médusé.

Une fois dans la rue, Katherine s'administra plusieurs tapes sur les joues, devant les regards surpris des passants. « Le gardien a raison, » se dit-elle nerveusement, « j'ai dû imaginer tout ça, faire une sorte de rêve hallucinatoire. Après la nuit que je viens de passer, c'est bien possible. » Elle regarda l'horloge de Saint-Mary-le-Strand, puis sortit de sa poche le dépliant des horaires de trains. Pendant un moment, elle resta debout indécise sur le trottoir, fixant tour à tour du regard l'horloge de Saint-Mary-le-Strand et le dépliant.

Finalement, elle héla un vélotaxi. Il la conduisit jusqu'à la gare de Marylebone et elle sauta dans le dernier train pour Stratford alors que le conducteur sifflait et criait, « départ dans une minute ». Pendant tout le trajet, Katherine fut incapable de rester assise et elle fit les cent pas le long des couloirs des douze voitures du train. Une fois arrivée à Stratford, elle courut jusqu'au manoir et hors d'haleine, tambourina à la porte.

Nounou D lui ouvrit et n'eut absolument pas l'air surprise de la voir. Cela étonna d'abord Katherine mais elle se souvint rapidement que les robots ne pouvaient pas ressentir de surprise par rapport à quoi que ce soit.

Quand Katherine entra dans le salon, Marylin était assise seule en face de l'âtre. Son visage exprimait l'angoisse. Elle tourna la tête quand elle entendit Katherine et, la regardant alternativement avec fureur et espoir, retint sa respiration pendant quelques secondes. Elle s'apprêtait à parler, mais avant qu'elle ne puisse le faire, Katherine, dans un état d'euphorie totale, se précipita vers elle et lui parla du dépliant dans le train, de l'ascenseur, du papillon rouge doré, des couloirs de sa vie, des photos, et de Nounou D essayant de la séparer de Matthew et de Mathilda.

L'air incrédule, Marylin essaya de prendre la parole à plusieurs reprises, mais Katherine ne lui en laissa pas l'occasion. Un flot ininterrompu de phrases jaillit torrentiellement de ses lèvres :

— Ne comprends-tu pas ce que tout ceci signifie ? Cela m'effraie, ce que tu me demandes m'effraie, mais tout est clair pour moi maintenant. Depuis la mort de Henry et de celle de mon enfant, je n'ai ressenti aucun amour vrai, profond, pour quiconque. Ma vie a été vide d'amour. Je suis certaine que le papillon a volé lentement pendant les années de ma trentaine, afin de me faire mesurer le désert affectif de cette période de ma vie. Et je comprends maintenant, ce que les rires et les pleurs de Matthew et Mathilda signifient. Ils signifient que vivre avec eux ne sera pas un long fleuve tranquille. Il y aura des cris, de la discorde entre nous, mais il y aura aussi de la joie, et ceci est le plus important, pour nous tous. Oui, il y aura de la joie, même pour toi, car, malgré votre séparation, tu sauras qu'ils sont en sécurité et essaient de mener une vie sensée, une vie pleine d'humanité. Et moi-même, je veux échapper à l'insipidité d'une vie vécue simplement pour moi-même. Et toi, Mathilda et Matthew, ce Noël, vous m'offrez la chance d'y échapper. Il serait aussi stupide que cruel de ma part, de ne pas saisir cette chance.

Les yeux à demi clos, les bras croisés, Marylin regardait le feu. Avec un tremblement presque imperceptible dans la voix, elle répondit à sa sœur :

— Es-tu donc en train de me dire que tu acceptes, irrévocablement, de les adopter, de prendre soin d'eux ?

Katherine hocha la tête doucement plusieurs fois en signe d'assentiment. Elle était calme maintenant ; l'amour et la détermination se lisaient clairement sur son visage.

La tête et les yeux baissés, Marylin se leva de son fauteuil. Les deux sœurs se tenaient debout à deux mètres l'une de l'autre, immobiles, silencieuses, solennelles. Lentement, Marylin redressa la tête, tout en gardant les yeux baissés. Quand elle les leva et qu'ils rencontrèrent ceux de Katherine, les deux sœurs échangèrent un regard, qui, pour la première fois depuis leur enfance, exprimait l'entente et la paix.